地図で見る
日本ハンドブック

本書中の数値は、統計局、省庁、地方自治体が提供する数値データを典拠とする。

地図上のデータ離散化には、自然分類メソッド（Jenks）を採用した。

都市の街区のマップは、地図データベースおよび日本のデジタル地図集の航空写真をもとに、著者の現地調査による補完とアップデートをくわえて作成された。

Maquette: Twapimoa
Lecture-correction: Carol Rouchès
Coordination éditoriale: Anne Lacambre

地図で見る
日本ハンドブック

Atlas du
Japon
L'ère de la croissance fragile

レミ・スコシマロ
Rémi Scoccimarro

神田順子／清水珠代 訳
Junko Kanda　Tamayo Shimizu

地図製作＊クレール・ルヴァスール
Claire Levasseur

原書房

地図で見る
日本ハンドブック

6	**はじめに**

11	**自然環境と日本人の起源**
12	災害の多い列島
16	日本列島への人の渡来と拡散
20	主要な空間区分
24	近代日本の構築
28	相反する人口動態トレンド

33	**縁辺の日本**
34	米作の日本
38	稲作以外の農業
42	漁業
46	野生化する日本

51	**都市の世界**
52	メガロポリス
56	都市周辺部の変容
60	都心人口の盛り返し
64	ビジネス街
68	都市の三つのプロフィール
72	性風俗業とヤクザ
76	美しい地区と雑然とした地区
79	過剰な国土整備
82	東京と大阪にみられる大都市圏の構築
86	規格外の空間

- **91 経済と社会**
  - 92 産業競争力の維持
  - 96 臨海部開発
  - 100 エネルギーのパラドックス
  - 104 再生可能エネルギーの発展
  - 108 汚染列島
  - 112 2011年3月11日──惨事の連鎖
  - 116 神社仏閣
  - 120 景勝地と観光
  - 123 政党分布
  - 126 女性の現況
  - 130 21世紀日本の貧困
  - 134 外国人
  - 138 自殺──日本病？

- **143 世界と日本**
  - 144 日本の軍事力
  - 148 気候変動と日本
  - 152 貿易と事業の国際展開
  - 156 世界のなかの日本

- **160 まとめ**

- **164 付録**
  - 165 年表
  - 166 参考文献
  - 167 索引

はじめに

低経済成長時代を迎えて

　1955年から1975年にかけての20年間、日本は高度経済成長を経験し、欧米の大多数の国に追いついて世界第二位の経済大国となった。日本は次に、一連の産業転換に着手して成果をあげることで1970年代の石油ショックをまずまずのりきり、1980年代初頭には経済の第三次産業化にも成功した。こうして日本の経済力はその頂点に達し、国際社会は日本には地政学的野心があるとみなした。欧米は、いまの中国がかきたてているのと同じ不安（覇権主義、世界各地における土地や企業の買収、不公正な競争など）を日本に対していだいた。

　1985年から1990年にかけての時期を特徴づけたのは金融・不動産バブルの膨張であり、これは1990年代に入って弾けた。バブルからのゆれ戻しは不動産にとって手痛いものであり、土地価格は1991年以降に、大都市の一部では7分の1になるまでに急落した。デフレは2005年まで続いて日本経済全体がこれにまきこまれた。ゆえに、内外における日本の評価はたちまちのうちに反転した。事なかれ主義、不適応、時代遅れなどが指摘され、日本モデルは反面教師となった。日本は、衰退を嘆く悲観と政治の無力感が入り混じる奇妙なフェーズへと突入した。以前はうまくいった手法がもはや通じなくなった。経済振興策が打ち出されても底なしの財政赤字を積み上げるばかりで空まわりに終わり、技術革新は生まれず、輸出は経済成長を牽引するにいたらず、デフレと賃金の停滞のせいで国内市場は活気を失った。2006年から人口減少がはじまったうえ、2008年のリーマンショックと2011年3月11日の東日本大震災という二つの深刻な出来事が追い打ちをかけたため、日本は経済成長が

弱々しくあやうい時代に足をふみいれた。

21世紀の日本とは？

1990年代から日本に課せられた国内・国外の制約条件により、破竹の勢いを誇った時代への回帰を夢みることはむずかしく、日本はむしろ、先に近代化をとげた西欧諸国と同じような成熟化の段階に入っている。じつのところ、日本は西欧の先進国と同じような課題や問題をつきつけられている。経済成長の新モデル構築、高まる環境保護意識、食料・エネルギーの安全、高齢者対策、賃金労働者の一部にみられる雇用の不安定化、ポピュリズムの台頭である。

経済面では、二つの大きな懸念材料がある。第一は、産業競争力の問題である。日本の大企業はデジタル分野での重要な技術転換に遅れをとり、同じ土俵で戦っていたアジアの競争相手から引き離されている。第二は、GDP（国内総生産）の250％にものぼる政府総債務残高であり、これをどのようにすれば減らせるかは想像もつかない。

人口についていえば、2005年より出生率が上向きになっているとはいえ、老齢化の進行により日本列島の一部は過疎化しつつある。農村地帯だけでなく中規模都市でさえ（これには日本列島のメガロポリス［p52〜55］に位置する中規模都市もふくまれる）も、就労年齢の住民が首都圏にすいこまれて戻ってこない現象に直面している。

2011年3月11日の東日本大震災および福島原発の事故のあと、環境とエネルギーの問題は決定的な重要性をおびた。全国の原発は運転停止となった。原発の穴埋めとなる選択肢はかぎられており、化石燃料を使う火力発電所をとりあえず

の予定で再開し、見通しがあやふやな再生可能エネルギーにかけるほかない。

　アジアのレベルで考えると、日本は周辺国と領土や過去の清算にかんする問題をかかえており、解決不能だと思われる。こうした問題ゆえに、日本は唯一の同盟国であるアメリカに頼るほかない。ゆえに、直近の米大統領選挙からこのかたは、ドナルド・トランプのきわめて移り気な性格に翻弄されている。

今日の日本を包括的に理解する

　本書の第1部がめざすのは、日本列島の広い意味での地理を理解するための基礎を提示することである。日本のすみずみに人が住むようになった経緯、行政組織、現在の人口構成の特徴があいまって、現在の日本がどのように色分けされているかを探る。こうした色分けは、本書に掲載されている地図を読みとくのに役立つ。

　第2部は、縁辺・農村地帯に焦点をあてる。ここで営まれた暮らしは決定的に重要な役割を果たした。なかでも、列島の各地でみられる水稲耕作は日本の原風景のみならず、社会の掟をも形成した。集団や村の共同体の重要性も稲作の副産物である。しかし、この農村世界は、人口流出や過疎化、野生化［動植物による浸食］に直面し、衰退途上にある。ただし、人口流出や野生化といった現象は、本著の第3部で扱うメガロポリスでも起こっている。日本の核心部であるメガロポリスは現在、再構成のさなかにある。その特徴は、大都市にはさまれた地域の人口減少、大阪をふくむ歴史的中心都市の衰退、人口がふたたび増加に転じて世界一の大都市圏でありつづける東京の一人勝ちである。

　経済・社会問題は、第4部でとりあげ

る。まずは旺盛な工業と、その環境への影響を考察し、その延長として福島原発事故にふれる。次に、宗教空間、貧困問題、女性が置かれている現状、政党勢力図といった、よりテーマをしぼったトピックスを扱う。

終章のテーマは日本と世界の関係であり、近隣諸国とのかかわり、気候変動がもたらしうる好機、東アジアの地域協力組織に日本が参加することのむずかしさをとりあげる。

本書を作成するにあたって著者は、異国趣味を可能なかぎり排除するよう努めた。日本について語る者がおちいりがちな本質主義やセンセーショナリズムの誘惑をしりぞけるためである。一つの塊とみなされうる「日本」も「日本人」も存在しない。著者はフィリップ・ペルティエ［日本を専門とするフランスの地理学者］の研究および教えにならい、日本列島を特定の歴史と地理の組みあわせが生み出した一つのテリトリーととらえ、その住民をさまざまな緊張やダイナミックスや矛盾にゆさぶられる一つの社会集団とみなす。ゆえに、そうした緊張やダイナミックスや矛盾に光をあてて相互関係を明らかにすることは、日本社会を理解するために必須だと考える。

自然環境と
日本人の起源

　日本列島に人間集団がはじめて渡ってきたのは紀元前3万年ごろであり、見かけよりも住みやすいこの地の人口は増えていった。現在の日本の国境は、植民地獲得にのりだす前の19世紀末に定められた国境とほぼ一致している。当時の日本は権威主義的な中央集権国家であった。1946年、新憲法が多くの特権を国から各県に移し、直接選挙で選ばれる知事に強い政治的正当性を付与した。そのために県は国土整備にとって決定的に重要な行政単位となった。ただし、県の権限の一部は人口50万人以上の都市に委譲されうる。

　日本の国土は今日、地方は人口が流出しつづけ、都市では人口密度がふたたび高まっているという二つの相反した変化に直面している。この傾向はかなり古典的なもので日本に限定されないが、東日本と西日本という区分、稲作文化を背景とした平野の日本と海や島嶼に目を向ける海辺の日本という社会・文化人類学的な違いなど、日本国内を分断する大きな要素が残っていることが状況をいっそう複雑にしている。

12　自然環境と日本人の起源

災害の多い列島

　日本の国土は、ユーラシア大陸の東に位置する、3000キロをやや超える長さの弧状列島である。この位置ゆえに日本には自然災害がたえず、そのなかには過酷な被害をもたらす天災もふくまれる。しかし、この列島に住み着いた人々の共同体は何世紀ものあいだにこうした自然災害に適応するようになった。なお、自然災害の一部は、長期的には破壊を上まわる利益をもたらしうる。

自然災害

- 100万都市
- 人口が数百万/1000万以上の都市
- 事故が起きた原発
- 放射能汚染の起きた地域
- 火口付近立入り禁止の活火山
- プレートがぶつかりあって大地震が起きる可能性があるゾーン
- 震源地
- 大地震（マグニチュード6以上）にみまわれるゾーン（今後30年以内に大地震が起こる確率は25％以上）
- 豪雪地帯
- 台風の進路
- 高確率で津波発生

日本列島の下で起こっている
プレート運動

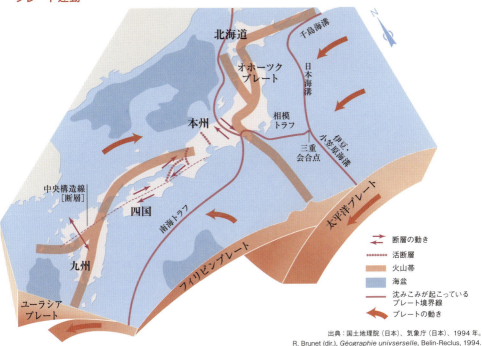

出典：国土地理院（日本）、気象庁（日本）、1994年。
R. Brunet (dir.), *Géographie univserselle*, Belin-Reclus, 1994.

プレート運動がもたらす災害

　プレート理論によると日本列島は、太平洋火山帯に沿っていくつものプレートが他のプレートの下にすべりこむゾーンに位置する。すなわち、日本列島は太平洋プレートやユーラシアプレートなどの複数のプレートの上にのっている。このために日本は、地震がたえまなく起こるだけでなく、世界でもっとも多くの火山が集中している国の一つである。そのなかには、阿蘇山（九州）のように世界でも指折りの大規模な火山もふくまれる。これらの火山はもともとの隆起にさらなる隆起をくわえて人間が住める平地の面積を狭めているだけでなく、火山活動により20世紀以降で600人近くの死者／行方不明者を出している。プレートがぶつかりあって一方のプレートが他方のプレートの下に沈みこむ「プレート境界」に沿った海底で起こる地震は、列島の太平洋側に津波をもたらす。1900年から2013年にかけてのあいだに、地震と津波は日本において15万人以上の死者を出したが、その大多数は東京から東北最北端の青森県にかけての一帯で亡くなっている。三陸海岸は、複雑に入り組んだ

リアス式海岸が波の高さを増幅するために、ことに津波に弱い。

気象災害

日本列島は、熱帯収束帯で発生する低気圧の通り道に位置する。冬は、シベリア高気圧が南から入ってくる空気の塊をブロックするが、春になってシベリア高気圧が後退すると、南の暖かく湿った空気をもたらす低気圧が日本列島の上で大陸高気圧と接触して雨の前線が形成される。これが6月から7月にかけて雨期（梅雨）がある理由である。8月以降、熱帯低気圧が発達すると台風になる。日本列島は幅が狭いために、台風に対抗できるような大陸性の気候をもたない。ゆえに、台風はしばしば日本列島を縦断し、日本海の暖かい海水（対馬海流）の上を通過するときに湿気と熱をさらに蓄積して北日本に再上陸して太平洋に消える。

台風の強風は交通機関の混乱と死者をもたらす。しかし、破滅的なインパクがあるのはなによりも、台風の大雨を原因とする洪水である。海岸地方では、台風がひき起こす高潮によって多くの死者が出ることもある。たとえば1959年の伊勢湾台風（ヴェラ）は名古屋を襲い、高潮による水害で死者4000名を出した。2016年の台風ミンドゥル［台風9号］による死者は1名のみであったが、本州の東部ととくに北海道は甚大な被害をこうむり、一時は日本全体で100万人以上に避難指示・勧告が出された。

ときには恵みをもたらす、予見可能な自然現象

死と破壊をもたらしうる自然災害の多くは定期的に起こり、予見可能であるうえ、好ましい側面もある。6月と7月の雨期と8月から10月にかけての台風は、山岳地帯の水源を満たし、水田の灌漑に必要な水を確保してくれる。これに夏の暑さがくわわり、稲の生育にとって最高の条件が整う。これこそ、豊かな水産資源とならび、平野面積の少ない日本列島に多くの人が暮らすことが可能となった理由の一つである。

温泉の恵みをもたらす火山活動は、産業がほとんど発達していない地方にとってきわめて重要な、観光による経済振興のリソースである。また、溶岩や火山灰は風化や堆積により、ある種の植物の栽培に適した土壌となる。桜島（南九州）の火山灰の堆積でできた土壌で栽培されている巨大な大根（大きいものだと40kgにもなる）がよい例である。もともとは地元で消費されていたこの大根はいまや名物となり、日本でもっとも経済が遅滞した地方の一つである桜島の産物になみなみならぬ付加価値をあたえている。

沿岸に深刻な被害をもたらす津波にも好ましい点がある。伊勢や三陸の湾で牡蠣やホタテ貝を養殖している漁業者も、それについては待ち望んでいるともいえる。規模の大きな高潮が起こると、海底がかきまわされて栄養分がいきわたるうえ、引き潮が栄養分に富んだ土壌を海に引きこむ。こうして栄養豊かになった海水は、津波後の何年ものあいだ、貝や海藻のなみはずれた生育を可能とする。

日本列島への人の渡来と拡散

　日本全国に人が暮らすようになったのは、数段階にわたる民族渡来の結果である。後からやってきた渡来人は先住民族と混じりあったり、辺境に追いやったりしながら、中央や西日本から東日本へと拡がる大きな流れを生み出した。この動きは集団内部の力学とあいまって、現代日本をおおまかに区分する各地方の性格にいまだに痕跡を残しており、建築、料理、方言の違いとなって現れている。

人と文化の渡来の波

　日本にヒトが暮らしていたことを示すもっとも古い痕跡は紀元前3万年ごろにさかのぼるものであり、南アジアからヒトが渡来したことを示している。その頃は氷河期だったため日本列島は大陸と陸続きであり、渡来民族は陸峡を渡って、もしくは台湾から九州南部へと弧状にならぶ島づたいにやってきた。こうした人々は海岸沿いに住み着き、北海道にいたるまで日本列島の大部分に拡散した。日本の文化区分による時代として最長で

方言と民俗・文化的要素

中央部から東部へ、政治中枢移動の歴史

ある縄文（紀元前1万4000〜前500年）の文化は、九州南部にはじまって北海道にいたり、シベリアから渡来した北方民族と接触した。縄文は、新石器文化の矛盾にみちた一形態である。人類最古の土器が作られた一方で、定住しても真の意味での農業や畜産が営まれることはなかった。食物のなかでは海産物の比重が大きく、海岸に近い住居跡の特徴は貝殻の堆積（貝塚）の多さである。およそ紀元前1000年以降、これまでとは異なる民族が大陸から朝鮮半島を通って北九州に渡来し、弥生文化（前900〜後300年）を生み出した。これらの新渡来人たちは縄文人たちを列島の北や南もしくは山地に追いやり、漸進的に縄文文化を駆逐した。弥生文化は水稲耕作、青銅、より複雑な社会をもたらし、平地での定住を優先した。原史時代の最終期を飾るのは、唐突に増えた墳墓の名前からとった古墳時代（300〜538年）である。古墳はその後、日本にとって初の有史時代である飛鳥時代（538〜710年）の天皇稜となる［以上の時代区分には諸説あり、ここでは美術史上のものに近い］。なお、飛鳥時代を契機に、日本に中国文明が浸透しはじめる。量的というより質的なこの文明の転換期は、朝鮮半島南部の諸王国のエリート層に属する人々の渡来と符号する。彼らが成立にかかわった大和朝廷は長期間にわたり、朝鮮半島と文化、経済面だけでなく、婚姻による絆で強い結び

日本列島への人の渡来

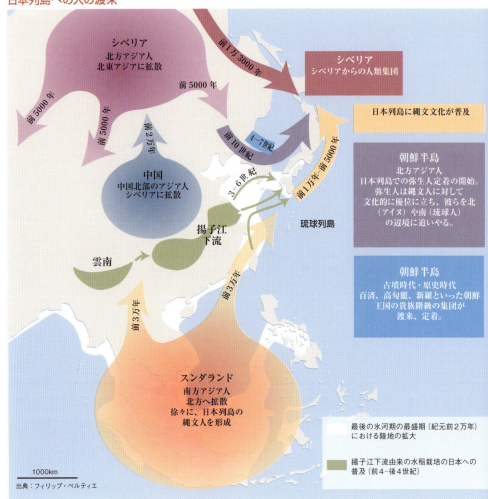

つきを保ちつづけた。中国文明も朝鮮半島を通って日本に伝播した。

中央から東部へという動き

　東へ東へという大きな流れは、政治の中枢の移動とともに継続した。起点は、博多（福岡）と奈良盆地にはさまれた、瀬戸内海沿岸を中心とする歴史的な中心地である。並行して、大和朝廷による日本列島の漸進的な征服が進んだ。南九州、関東平野が平定され、東北地方は8世紀に征服された。それとともに稲作が普及し、墳墓や宗教施設が領土の境目に築かれ、先住民は奥深い山や半島といっ

た辺境に追いやられた。将軍を頂点に戴く幕府が鎌倉に（1192年）、1603年には江戸（東京）に成立したのち、権力中枢の東へ東へという動きを完成させたのは、794年から代々の天皇が住まっていた京都から東京への遷都（1868年）であった。

　日本人の起源は多様であり、日本人の先祖はいくつもの段階をふんで日本に定着したうえ、北端と南端との距離が大きいので、日本も日本人も均質ではない。文化面でも、方言の分布においても、新年の餅の形状をはじめとする料理文化の諸相を見ても、そうした違いは明らかである。

主要な空間区分

　日本列島には、たんなる地形や気候の違いに限定されない、いくつかの主要かつ基本的な区分線が通っている。日本の歴史と環境を形づくった諸要素を反映した区分である。そのうちのいくつかは、メガロポリスの形成といった近年のダイナミクスに由来するものであるが、東日本と西日本の区分のように長い歴史のなかで驚くほど安定したものもある。いずれも、本著に掲載された地図を読みとくうえでカギとなる区分である。

東日本／西日本

　これは、もっとも明白な日本国土の区分である。言語はもとより、東日本人もしくは西日本人という住民の帰属アイデンティティー意識もふくめ、さまざまな面で東と西の区分が認められる。区分線はおおまかにいって、東京と名古屋のあいだにある日本アルプスを通っている。京都・大阪を中心とする地域および九州にいたるまでの瀬戸内海沿岸は日本文化の古層を形成している。海や島嶼に目を向けているのも西日本の特徴であり、これに対して関東や東北を擁する東日本はより内陸的で農業はもっぱら稲作中心

日本の主要な地理的区分

東／西

表／裏

だ。東日本はまた、17世紀より東京（江戸）を中枢とする政治・行政権力に従属する度合が西に比べて強い。

日本海に面した日本／太平洋に面した日本

裏日本と表日本というよび名が使われたこともあったこの区分は、閉ざされた日本海側と、よりダイナミックで世界に開かれた太平洋側の違いに着目する、なかなか興味深い区分である。たしかに、本州の日本海に面した地域は気候が厳しく、南西から北東へとつらなる山脈によって理論的には孤立している。くわえ

東京／それ以外の日本

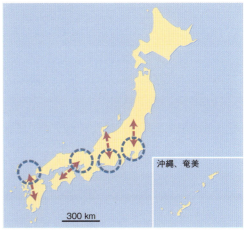
メガロポリス／縁辺

海に面した平野／山林地帯

古代の領土／近代の領土

て、ここは現在も経済発展が遅れた地域が多い。そうした地域は産業革命の恩恵をわずかしか受けておらず、第三次産業の恩恵はさらに少ない。日本海側には人口が100万を超す都市は存在せず、50万人を超えているのは新潟市のみである。しかし、日本海側が歴史上、つねに遅れていたわけではなく、どちらの海に面しているかという地理的条件は思われるほど決定的ではない。金沢（石川県）は江戸時代には日本でも有数の豊かな都市であり、陸運（当時の物資輸送においてその役割は限定的であった）というより海運で各地と結ばれていた。新潟と秋田はいまでも米や日本酒の大産地である。同様に、太平洋に面した地域と東京と福岡を結ぶメガロポリスを混同してはならない。この「表側の」日本には、中央からはるかに遠く、急速に衰退している数多くの地方——九州や四国の南部、太平洋に面しているが閉塞的で経済発展が遅れている半島（紀伊、伊豆、三浦、房総）——もふくまれる。

沿岸の日本／内陸の日本

この区分は、海に面した平野の日本と閉塞的な山脈の日本とを対比させている。海路によって相互に結ばれた日本の港湾都市は、稲作に適した平野を背にしていることと、日本列島内の交易、次いで世界相手の貿易をうながす海に開けていることの二つの利点を生かすことができた。山地や孤立した盆地（長野の松本、福島の会津）の日本は、海に面した大都市にとって労働力と手工芸リソースの供給源となり、今日では観光の楽しみを提供している。急速な過疎化と野生化［野生動植物による浸食］にまっさきに直面しているのもこの内陸地域である。

古代の日本／近代の日本

日本を、国の領土に組みこまれた時期によって区分することもできる。瀬戸内海を中心とする、古代日本の版図に相当する地域には、もっとも歴史ある施設が数々あり、国宝や名所旧跡の数ももっとも多い。東北は、西国からやってきた武士によって1000年以降に征服された土地である。そして、最後に日本の領土に組みこまれたのは北海道と琉球である。

中央／縁辺

これが、現代日本の空間構造を理解するのにもっとも有効な区分である。東京、名古屋、大阪、福岡という大都会をそれぞれの中核とする、四つの大都市圏のつらなりは、人口の70％が集中する一帯を形成しており、人とモノを引きよせる力がもっとも強く、日本列島のなかでもっともダイナミックである。このメガロポリスは縁辺地域に対しあきらかに優位にたちつづけ、前者は後者から労働

人口を吸収している。こうした二つの日本の方向性および生活条件の違いはますます大きくなっている。

　しかし、戦後および高度経済成長終了後、この図式は、スーパー首都である東京と、メガロポリスをふくめた残りの日本との関係にもあてはまるようになり、その傾向はますます強まっている。全国から労働人口が集中する首都圏の引力は増すばかりで、メガロポリスでさえその影響をまぬがれない。

近代日本の構築

　現在の日本国土の輪郭は、アメリカが1945年から統治していた琉球列島（沖縄）が返還された1972年以来のものである。日本はまた、小笠原諸島（ボニン諸島）および遠く離れた南鳥島と沖ノ鳥の主権も回復し、これらの島は東京都に組み入れられた。こうして日本は、1895年に植民地獲得にのりだす以前に等しい領土を治めることになった。

近現代の日本領土の拡大と縮小

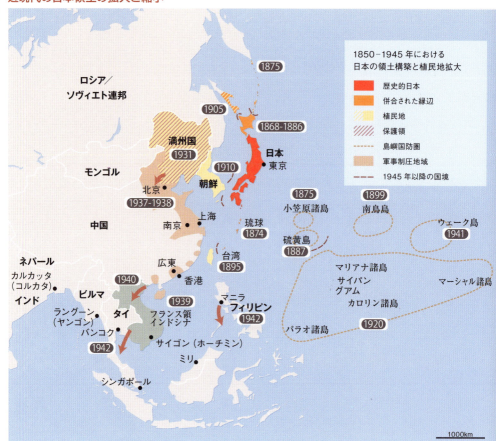

県と地方

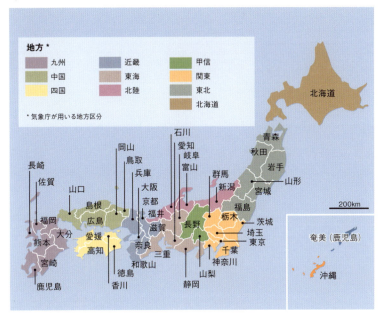

植民地宗主国時代

　鎌倉時代（12世紀）に本州の東北地方が平定されたのち、日本の領土はほぼ固定された。例外は、1609年に侵攻した薩摩藩（鹿児島）による琉球王国の実効支配である。北海道が日本の版図に正式に組みこまれたのは19世紀になってからであり、極東への進出をはかるロシアの脅威にそなえるためであった。こうして本国の支配が固まると、日本はヨーロッパの強国にならって植民地獲得競争にのりだした。日清戦争（1894〜1895年）の結果、まずは台湾を獲得した。1905年に日本の保護国となることを余儀なくされた朝鮮は、日本の圧力に負けて1910年に主権を放棄した。その後、日本による新領土獲得は15年戦争（1930〜1945年）の開始とともにより強引なものとなり、傀儡国家である満州を保護領とした（1931年）。1937年には、あからさまな中国侵攻がはじまり、関東軍は戦争犯罪をひき起こした。南京虐殺、行く先々での略奪、生物化学兵器の実験、民間人の大量殺傷が起きた。これに並行して、日本は太平洋北西の大多数の島を手中におさめ、自国へのアクセスをコントロールするための戦略的国防圏を作り上げた。この戦略は効果を発揮し、ミッドウェイ海戦（1942年）に敗れたのちもアメリカ軍の侵攻を遅らせる

県合併による道州制案

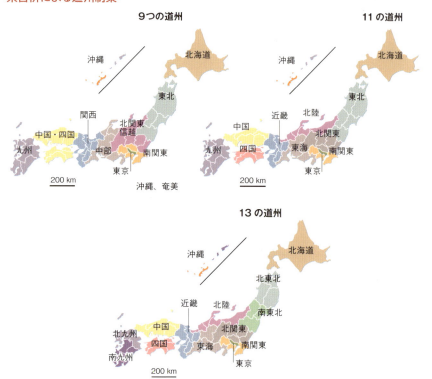

本土から離れた島がもつ重要性はいまでも変わらず、日本がすべての周辺国とのあいだにかかえている領土問題の争点となっている。日本が北方領土（南クリル諸島）の返還をロシアに、竹島（独島）の返還を韓国に求めている一方、中国からは尖閣諸島（釣魚群島）の領有権を主張されている。

行政機構

国内に目を転じると、日本は1871年に県を設けた。政府直轄となったこれらの県は、江戸時代の藩の輪郭をほぼなぞったものであり、城下町が県庁所在地となった。1946年の新憲法により、県は地方自治体となり、中央政府にしばられない大幅な権限をもつにいたった。知事も地方議会も住民によって直接公選されるようになった。県も国法に従わねばならないが、教育、保健、文化、治安（警察）、土木などの広範な行政分野で排他

的な権限をあたえられている。よび名の違い（都道府県）は、歴史的な理由によるものであり、法的位置づけは同等である。

首都の東京のみが、例外的に市と県をかねている。1957年以降、政令によって指定された市（政令指定都市）は土木関連をはじめとする県の権限の一部を受け継ぐことができる。人口50万以上であることが求められる政令指定都市の数は2018年現在で20である。

市町村合併

1999年から行なわれた平成の大合併は、市町村の数を3229から1000に減らすことをめざした。目的は、より多くの手段をそなえた大規模自治体を作り出すとともに、これまでは国が直接支えていた小規模自治体にかかる負担の一部を引き受けてもらうことであった。その結果として市町村数は1719となったが、一部はかなり人為的な数あわせによるものであり、全体としての人口は50万を超えているが町の中心部の人口は20万人以下にとどまっている例がある。県レベルでの再編成も検討された。現在は棚上げにされているが、47の都道府県を廃止／広域連合化して9〜13の道または州に置き換えることが提案されている。

相反する人口動態トレンド

日本の人口は2005年にはじめて減少に転じた。それ以来、2008年に人口のピークを記録した（1億2800万人）ものの、寿命の伸びをもってしても自然増減のマイナスをカバーできない状態が続いている。とはいえ、地域によって状況はくっきりと対照的である。すなわち、都市部は人口がふたたび増加に転じて自然増減もプラスであるのに対して、地方では高齢化と人口流出によって過疎化が急速に進んでいる。

人口減少

2017年の時点で人口1億2600万人を数える日本は、2008年からこのかた年平均0.1％の人口減を記録している。人口動態予測を信じるのであれば、今世紀末に日本の人口は半減する。それまでに

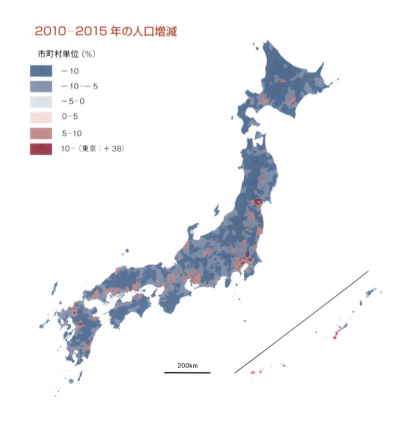

2010-2015年の人口増減

状況をひっくり返す事態が起きないともかぎらないが、こうした数字は国民に向けて警鐘を鳴らし、若い世代の責任感に訴えることを目的としている。少子化の責任があると指弾されている若い世代はそれだけでなく、「パラサイトシングル」や「草食男子」といったあだ名で揶揄されている。しかしながら、女性一人あたりの出産数（合計特殊出生率）が2を下まわったのは1974年であり、しかも減少傾向がはじまったのはいまの若い世代の祖父母が現役だった1950年代であった。くわえて、合計特殊出生率は2005年［この年、過去最低を更新］から歴史的な上昇に転じ、1.26であったのが2017年には1.44となっている。現在の人口減の主たる要因は超高齢化と1966年に最低を記録したのちに指数関数的に増加している死亡率である。その一方、出生率増加の一因は、1970年代生まれの世代が遅らせていた出産にふみきったことであり、これと同じ現象はドイツでもみられる。

地方の人口流出

地域別での変化に注目すると、コント

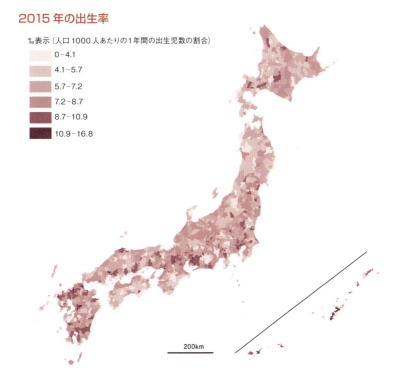

2015年の出生率

‰表示（人口1000人あたりの1年間の出生児数の割合）
- 0–4.1
- 4.1–5.7
- 5.7–7.2
- 7.2–8.7
- 8.7–10.9
- 10.9–16.8

200km

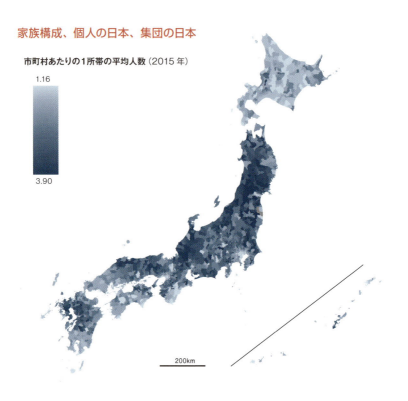

家族構成、個人の日本、集団の日本

市町村あたりの1所帯の平均人数（2015年）

1.16
3.90

200km

ラストはさらに鮮やかだ。2010〜2015年の市町村別の増減を調べると、農村の人口減がやまないと同時に、中規模都市も人口を減らしつづけ、都市近郊に人口がシフトしている。ただし、各地の中心的大都市ではこれと正反対の現象が起きている。すなわち、都市中心部の人口増がいちじるしい一方で、高齢化が進む郊外は縮小に向かっている。例外は東京と名古屋の郊外であり、首都圏および名古屋圏の吸引力のおかげをこうむっている。

農村地帯から流出するのはもはや就労年齢の若者だけではない。年金生活者も日本中から移住をはじめている。第一の行き先は首都圏である。先に移住している子どもたちの近くで暮らせるし、高齢者福祉も都会のほうが利用しやすいからだ。これは、1950〜60年代における古典的な農村人口流出をさしていた「Ｉターン」の新たな形態である。これはまた、生まれ故郷に戻ることを奨励するために1970〜80年代に展開された「Ｕターン」キャンペーンの失敗を意味する。とはいえ、「逆Ｉターン」という農村回帰の例も散見される。これは、高等

教育を受けた都会人が、縁もゆかりもない山里の小さな村に家族で移住することを意味する。彼らは、ただ同然の価格で家屋を手に入れることができるし、ときによっては30年以上前から子どもが生まれていない市町村では、大歓迎される。田園でのスローライフの信奉者であり、「クリエイティブな階級」に属していることが多い彼らは、光回線が完璧に整備されているが宝のもち腐れとなっている田舎で超高速インターネットを活用し、テレワークが提供する可能性を活用している。

都市のダイナミズム

地方は絶対的数値では人口を減らしているが、合計特殊出生率はいまだに高く、女性一人あたり1.8に近い。これは、出生率が歴史的にもっとも高かった郊外もふくめ、都会ではもはや存在しない家族の形態が田舎では根強く残っていることを意味する。大家族所帯の分布図を見ると、どの地方で、数世代がいっしょに暮らす伝統的な家族形態が維持されているかがわかる。これは、東北地方を筆頭に、一般的に稲作地帯で多くみられる家族形態だが、これこそがいまや女性が地方に残って出産することへのブレーキとなっている。キャリアよりも家庭を大切にせよとの重圧を女性にあたえる大家族のしがらみは、もはや日本女性にとって耐えがたい。これを受け入れる数少ない女性は田舎に残り、平均よりも多く子どもを産んでいる。しかし、こうした女性はまれであり、彼女たちが比較的多産であっても日本全体の少子化の現実に影響をあたえない。若い女性の大多数は都市の中心部に移り住む。その結果、25～40歳の女性の多くが都市に集中している。彼女らは、家族のプレッシャーとは無縁で、仕事と出産の両立により適した、厳密な意味での核家族に近い形態を選んでいる。

ゆえに、出生率地図は、都市部人口動態のダイナミズムを示している。都市の日本は「少子化」とは無縁だ。2000年代から合計特殊出生率が継続的に上昇している東京では、保育園や学校の定員が増えつづけ、中産階級に属する30代の共働き夫婦の需要にこたえている。

縁辺の日本

　日本列島のいたるところで栽培されている米は、日本のアイデンティティーの確固たる柱の一つである。政府による買い取りを保証する制度の恩恵を持続的に受けてきた米作農家は、戦後の高度成長期に高い買い取り価格を享受し、保守政党の票田となった。しかしながらいまや、米生産の大部分を担っているのは新潟県、北海道、東北の数県である。それ以外の県においては、水田は縮小し、みかん、ブドウ、オリーブ、レッドフルーツなどの採算性が高い農産物——その多くは外国由来である——の栽培に置き換えられている。

　近海漁業は維持されているが、漁獲高は減っている。日本で消費される魚の大半は南太平洋、インド洋、さらには北大西洋といった遠洋で獲れたものであり、日本が海産物を求める先はますます遠くなっている。

　かつては人口が多かった日本の農村地帯は急速に衰退し、多くの場合は後戻りが不可能なまでの過疎化が進み、村が物理的に消滅する事態を迎えている。以前の田畑や家屋は植物に侵略され、自然に戻っている。こうした野生化はメガロポリスの周辺にまでおよび、山から下りてくる野生動物が出没する事態となっている。こうした野生動物による被害が甚大なのは、イノシシやサルの進出をくいとめるだけの人口をもはや維持していない山村である。

米作の日本

弥生文化とともに日本に渡来した水稲耕作は、日本列島の原風景を作り上げた。それと同時に、集約的な米の単一栽培を実践する村民共同体の固い結束や、共同作業の重要性といった、日本独自の社会性の形態を根づかせた。こうした稲作モデルは今日でも優勢である。ただし北海道は例外であり、ここでは近代的農学モデルにもとづいて稲作が発展した。

アイデンティティーの基盤

稲作は、中国文化の浸透にともなって古代日本に導入され、稲作従事者は農民の典型となった。稲作は日本列島の自然条件に完璧に適しているとはいえないが、儒教の影響が色濃い米作りの思想は徳川時代の石高制成立とともにあらためて重視された。石高制とは、米の生産量に応じて農地にかかる年貢および領主の財力を査定する制度である。その結果、新田開発が進んだが、日本の農民の多様性と漁業の重要性が見えにくくなった。逆説的であるが、農民は米を口にすることができなかった。米は武士や貴族といったエリート層が食べるものであり、農民はソバをはじめとする雑穀、マメ、根茎を主食としていた。とはいえ、水稲耕作は日本の農耕社会、農法、風景を決定づけた。

米の単一栽培

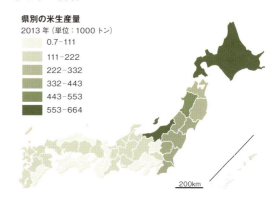

県別の米生産量
2013年（単位：1000トン）
- 0.7–111
- 111–222
- 222–332
- 332–443
- 443–553
- 553–664

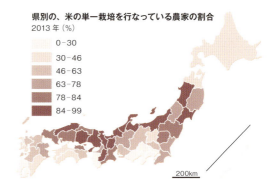

県別の、米の単一栽培を行なっている農家の割合
2013年（%）
- 0–30
- 30–46
- 46–63
- 63–78
- 78–84
- 84–99

米の単一栽培

　1946年の農地改革により、小規模な自営農家が数多く誕生し、農協をとおして国が米を保証価格で買い上げる制度がこれを支えた。ゆえに、日本の農家の大多数は、一定収入を保証してくれる米を作ることになった。北海道を除き、2015年現在で水田はいまだに日本の農地面積の52％を占めており、55％の農家が所有する農地は1ヘクタール以下である。

　水田の準備、田植え、収穫、用水路の維持管理など、米作りは多くの人手を必要とする。戦後に農村からの人口流出が起きると機械化が人手不足を補うことになり、耕耘機、ポンプ、田植機などを製作する日本の機械産業に大きな販路を提供した。こうした農業機械はロボット化によってたえず進化している。高齢夫婦だけでも稲作を続けることが可能となったのは技術のたまものである。しかし、これは生産コストの高騰をもたらした。日本の米は世界市場で、生産コストが日本の10分の1であるアメリカ産や南アジア産の米と戦うことができない。これが、輸入産品への市場の過度な開放に日本が抵抗している理由の一つである。農家の票は選挙において決定的な重要性をもっているからだ。

日本の米どころ

　米は日本列島のいたるところで栽培されているが、西日本が全国の生産高のなかで占める割合は少なく、高齢化がますます進む農家が副収入源と位置づけているにすぎない。

　東北地方と新潟県は以前と変わらず日本一の米どころであり、なかでも新潟や秋田といった日本海に面した一帯は、山塊への大量の積雪が良質な水をたっぷりもたらすので稲作にとって有利である。こうした地方は最高品質の米と日本酒の産地である。ここでの農業の主体は、小規模面積で米を単一栽培する伝統的な農家である。高齢者による栽培だが、農家を維持するには十分な収入をもたらしている。

　荻ノ島（新潟）［現在の自治体は柏崎市］は、平野の村（農村）や漁民の村（漁村）と区別して山村とよばれる集落の一つであり、伝統的な稲作が行なわれている。村民の住居は、この区域でもっとも価値が高い水田をとり囲むように点在している［環状集落］。また、豊作などを祝う祭りのさいには、神社から神輿をかつぎ出してこうした水田の周囲を練り歩く。住居と水田にはさまれた小さな野菜畑の耕作のみが、米栽培とかかわりのない唯一の生産活動であるが、自家消費が目的である。米や野菜以外は、かつての担ぎ屋に置き換わった移動スーパーで入手し

稲作集落の地図——荻ノ島（新潟県）

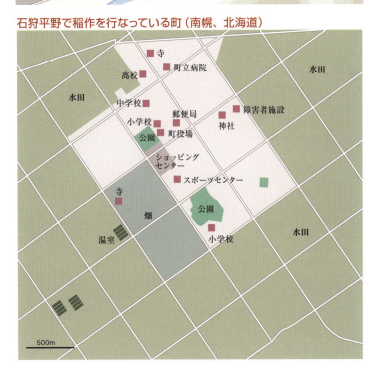

神社
神輿のルート
宿泊施設
集会所

水田
樹木
住居
駐車場
墓地

100m

石狩平野で稲作を行なっている町（南幌、北海道）

寺
高校
町立病院
水田
水田
中学校
小学校
郵便局
障害者施設
公園
町役場
神社
ショッピングセンター
スポーツセンター
寺
公園
畑
水田
温室
小学校

500m

ている。伝統的な家屋が保存されている場合は観光に活路を求め、農家を宿泊施設に改造し、観光客用の駐車場を整備しようとの動きがある。しかし、米作収入や世代交代の保証がないかぎり、こうした村はいまから短期間のうちに消滅するおそれがある。北海道は、もう一つの米の大生産地であるが、農地構造がまったく異なる。北海道の平野に稲作が導入された時期は遅く、寒さに強い米の新品種が登場した20世紀初頭である。しかも、多角的同時栽培と畜産と並行して、石狩や十勝の平野を開墾した広大な農地に粗放的農業手法を適用しての導入であった。ただし、北海道産の米の質はおとり、主として、北海道に多く進出している食品産業によって中間財、原料として使われてきた。

　南幌（石狩）では、定規で引いたように整然とした農地を見ることができる。北海道入植時代の名残であると同時に、7世紀より日本の稲作が推進してきた伝統的な形状である四角形を特徴とする。その一方、ここでは当初より、道路からの合理的なアクセスが可能になるよう区画整備されていた。このことは農業の機械化を容易にした。南幌の農地区画では主として米が栽培されているが、畑作、畜産、輪作システムとの組みあわせにより、市場の需要に即応できる態勢が整っている。ここの住民は農民というよりも農業経営者であり、レイアウトの面からも建築様式の面からもミッドウエスト（アメリカ中西部）を髣髴する農場で暮らしている。生活の中心は、村ではなく町である。南幌町には平野を直線でつっきる国道が通っており、町の中心には公共施設や商店があり、その街路は碁盤の目のようにならんでいる。こうした区画割りは、農業が営まれる北海道の平野のすべてに共通している。

稲作以外の農業

　日本農業は20世紀に多様化し、日本人の食習慣の変化と歩調を合わせ、消費地である大都市をとりまくように近郊農業ベルトが発達した。稲作の収益率が低い地方では、水田転換戦略にもとづいて多様化が進み、行政の支援を得ての名産品誕生につながった。

近郊農業ベルト

　近郊農業は、もともと水田であったところを畑に転換することで、都市の周囲で発達した。水田は同時に、郊外の住宅地の発展に必要な宅地にも転用された。この動きは、農村と都市の境界が明確に定められることが一度もなかっただけに、時間軸においても空間上でも漸進的であった。これに農地所有の細分化という要素がくわわり、さまざまな用途の土地が混在するという状況が生まれた。すなわち、以前からある水田が、畑や果樹園や住宅地と共存している。このように入り組んだモザイクが雑多なまとまりを作り出し、もともと稲作が行なわれてきた平野で生まれる都市近郊を特徴づけている。これは、アジアの巨大都市の大多数で目にするデサコタ［都市と農村の混在を意味する地理学用語］であり、日本では混住化とよばれる。デサコタは、東京首都圏の広がりの本質であり、雑然ではあるが独自のロジックをもつ風景を生み出している。これはまた、土地区画の用途制限のゆるさと、細分化された土地を耕作する農家が多いという土地所有構造が生み出したものでもある。都市が農村地帯を浸食するにつれ、農家にとっては、所有地の一部を野菜畑に転換する、もしくは不動産開発業者に管理をまかせて定期収入源とすることの旨みが大きくなった。

　東京の西郊外にある三鷹市は、近郊農業ベルトに組みこまれた、さまざまな土地用途の混在がみられる典型的な例である。水田、畑、温室、果樹園が、戸建て、小規模な集合住宅、製造業その他の中小企業、公共施設と共存し、それぞれが細分化された区画に分かれている。近年は、自分が食べる野菜を育てることを楽しむ郊外暮らしの年金生活者に貸し出される市民農園や、使われていない土地の有効活用のためのミニ駐車場も出現している。さらに遠く、水田が面積の大半を占める都市化の最前線に登場するのが、

東京の郊外における農村と都市の混在（三鷹）

凡例：
- 建物があるゾーン
- 建物がないゾーン
- 水田
- 野菜畑
- 温室
- 果樹畑
- 公園

中央道（東京—名古屋）

100m

近郊農業ベルトに次ぐ畜産ベルトだ。幹線道路に接して設けられた畜舎も、細分化された稲作農地構造に組みこまれている。これらは、牛乳や卵や鶏肉を生産するためのバタリーケージ飼育［工場型飼育］の小規模ユニットである（養豚ユニットもあるがほかと比べてると少ない）。こうした畜産に従事している農家は大手食品加工業者と緊密に連携して、生産契約を結んでいる。

地方の特産品

機械化のコストをカバーするほどの売上金が期待できないため、もしくは土地の高低差のために機械化は不可能なため、米の収益性を高めるのがむりな地方では、1950年代より水稲からの作付転換が大々的に推進されてきた。これは多くの場合、県レベルでの運動であり、より付加価値の高い農産物の栽培が奨励された。

各地の特産品

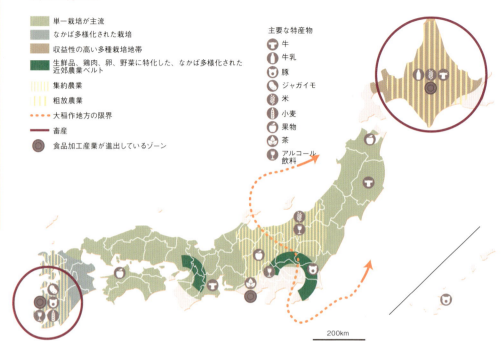

転作補助金に支えられ、農協や農水省と緊密に連携した各地は、地域全体で一つの特産品へと転換し、やがてこれが当該県の顔となった。代表例として、青森のリンゴ、愛媛のミカン、山梨のワイン、千葉の落花生、福島のレッドフルーツ、神奈川の柿などをあげることができる。

AOC［特定の条件を満たした農産物だけに産地の呼称の使用を認めるフランスの制度］に相当する制度はないが、都市の消費者をターゲットとする広報活動や地方観光振興策により、各地の特産品はまぎれもない名声を獲得している。日常的消費というより贈答用に購入されるので、どちらかといえばぜいたく品である。小さな区画で丹精をこめて集約栽培される特産果物は、樹上で一つ一つ袋かけされ外敵から守られる。畑はすっぽりと網でおおわれ、基準を満たさない果実は出荷されない。最終的なパッケージには美しい箱が使われ、少量ずつ高い値段で百貨店で販売される、もしくは通信販売される。しかしながら、より歴史の古い特産品もある。たとえば南九州や琉球の豚、讃岐（香川）の小麦である。過大評価ぎみの場合があるにせよ、これらの特産品の名声は、独自の流通網と贈答品需要とあいまって、輸入品に対抗することを可

遠くて近い北海道

　日本列島第一の農業地帯である北海道は事情が異なる。ここでは稲作にくわえ、日本が近代化をはかっていたときに採用した新たな栽培品種や農法の実験、導入が行なわれた。北海道を入植すべき「未開の」地と位置づけた当局は、アメリカから農学者らを招聘した。彼らの指導のもと、北海道は日本版の小さなミッドウエスト、粗放の多種作と畜産の地となった。ここでは、稲作は農地面積の20％しか占めておらず、主役ではない。日本の食品産業の揺籃の地である北海道は、日本全体の農地面積の25％を擁し、農業産出額では13.5％を占め、外国由来の農産品（牛乳、バター、チーズ、牛肉、ジャガイモ、ワイン、ラベンダー、スイカ）を日本国民に供給している。こうした農産品に力を入れた結果、これまた非常に日本離れした風景（穀物や採油植物のオープンフィールド、境界林で区切られた農地、農場、乳製品加工所）が生まれ、グリーンツーリズムのリソースとして日本国内で人気があるのみならず、全アジアから訪れる観光客も増加している。

漁業

どの地点をとっても海から110Km以上離れていない日本列島では当然であるが、広い意味での海産物の活用をふくめた漁業は、魚類常食を可能とし、日本人のタンパク質摂取にきわめて重要な役割を演じた。しかし今日では、近海漁業は過剰漁獲を原因とする水産資源枯渇に苦しみ、遠洋漁業の主役は韓国や中国の水産会社にとって代わられ、日本は世界一の海産物輸入国となっている。

日本の漁業

日本人の食はいまでも海に大きく依存している。魚介類を摂取するだけでなく、海藻の旨みも調味料として活用している。カルシウム源となる骨にいたるまで、魚のすべてが消費される。生魚や海藻といった海産物は日本の食文化の頂点に立ち、米以上に和食の名声に寄与して

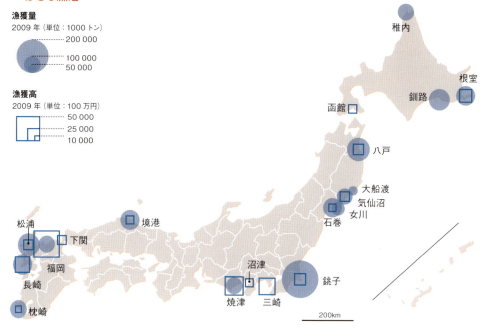

おもな漁港

日本に海産物を供給している国

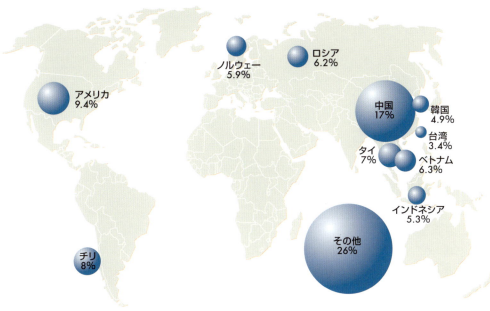

日本に海外から供給される海産物の内訳、金額ベース（%）（2015年）

いる。

　水産資源に直接アクセスできる列島という地理的条件にくわえ、数多くの入り江をもつ入り組んだ海岸線が、台風の直撃を受けない天然の漁港の成立を可能とした。海抜が低いデルタ地帯の海岸や湾の奥、有明（九州）のように浅い内海では、海藻や貝の養殖が発達した。しかし、なによりも重要なのは、日本のすぐそばを、地球上でもっとも多くの魚が回遊する海流が通っていることだ。太平洋の千島海流（親潮）とオホーツク海から日本海へと流れるリマン海流（いずれも、魚が豊富な寒流）は日本の海岸の沖で、肉食性の魚類（マグロやカツオなど）を熱帯の暖かい海から運んでくる強力な暖流である黒潮とぶつかる。カツオの回遊は、こうした海流の交わりがいかに恵み豊かであるかを示す好例である。春には、カツオの群れが日本の沿岸を北へと向かうので、初鰹の漁期がはじまる。漁網をのがれたカツオは、餌となる魚が豊富な親潮が流れる北海道沖に達し、ここで栄養をたっぷりとってから秋に南に下るので、今度は脂がのったカツオを捕ることができる。

ゆえに、過剰漁獲によって資源が枯渇しているものの、日本の海はいまでも、すくなくとも中程度の大きさの魚（サバ、イワシ、アジ）やイカを供給している。こうした豊かな水産資源は、地形や気候のために稲作がむずかしい地方の発展を可能とした。そうした地方の一つである三陸は、津波の危険にもっともさらされており、夏には稲の生育を止めてしまう寒風［やませ］（飢餓風ともよばれる）が吹くおそれがある。だが、三陸沖には親潮が到達する。これにより、女川、宮古、気仙沼、大船渡といった三陸の小さな漁港は、——捕れる魚の市場価値はどちらかといえば低いものの——いまでも健在である。

遠洋漁業の場合は、焼津や銚子といった大きな港から出発して太平洋に向かい、チリ沖にも達して操業する。獲れた魚は築地といった東京の魚市場にもたらされるが、日本の遠洋漁業は外国の船団に下請けに出される傾向を強めている。

これと並行して、三崎（神奈川）や大間（青森）の漁師が行なっている、最高価格の記録を競う一本釣りのマグロのように、付加価値がある高級魚に特化した職人的漁業も残存している。下関の猛毒魚であるフグの漁、親潮の恵みを受ける北海道のズワイガニやウニの漁もしかりである。

クジラ漁は特殊である。調査捕鯨の名目で、年によって量は異なるが、日本は北太平洋と南極海で年間200〜600頭を捕獲している。しかし、鯨肉の消費は1970年代より落ちこみ、日本人消費者や外国人観光客を対象とするキャンペーンを打っているにもかかわらず、売れ残った冷凍鯨肉の在庫は年々増えている。

海産物の輸入

しかしながら、自国の漁業だけでは国内需要にこたえるにはもはや不十分であり、日本の海産物自給率は50％である。1989年にピークを迎えて以降、日本の漁獲高は下降の一途をたどり、沖合漁業と遠洋漁業が後退するようになってからは、養殖をもってしても穴を埋めることができていない。また、日本の沿岸が工業地帯となり、さらには砂岩海岸の前浜に人為的に手がくわえられたために魚の産卵場所が減り、海水の養分が不足するようになったことも漁業にとって手痛かった。

漁獲内容も大きく替わり、2000年代にはマグロとカツオは40％も量を落とし、商品価値はおとるが量はもっと多いイワシやサバといった種類に置き換えられた。並行して漁師の数は10万人減り、2015年には16万7000人となった。

かつて北海道の北東海岸に繁栄をもたらしたニシンのように、すっかり姿を消

してしまった魚もあり、地元に大打撃をもたらしてた。

　以上のような状況下、日本で消費される魚の大部分は冷凍ものであり、南太平洋やインド洋や地中海のマグロやベトナム産のエビのように非常に遠いところからやってくる。

野生化する日本

　日本国土の大部分では人口減少が進行しており、一部の市町村では住民が消滅する事態が生じている。かつては人口が多かった田舎でも人間の姿が希薄となり、自然が支配権をとりもどしている。うちすてられた村々は植物におおいつくされ、野生動物が跋扈している。この野生化の波は大都市近郊にもおしよせている。

消滅する村

　2016年、日本の市町村の46.4％が過疎、すなわち過度な人口減少の段階にある、と診断された。

　これらの市町村の人口を併せても全人口の9％にしかならないが、面積は国土の58.7％に相当する。出生数の低下と人口流出によって、過疎地域では急速に人

地方の過疎化

1平方キロあたりの人口
- 25人以下
- 25–50人
- ▼ 限界集落に分類されている、もしくはその途上の市町村
- ── 過疎に分類される地域

200km

口老齢化が進み、平均すると65歳以上が30％を占めている。人口密度は1平方キロあたり50人以下であり、全国平均が1平方キロあたり350人であることを考えると、ここは空っぽの日本ともよぶことができる。植物由来の建材を用いた家屋は文字どおり叢林(そうりん)にのみこまれてしまう。最後の住民が死亡したあと、もしくはより大きな市町村に移り住んだあと、村は消滅する。

こうした現象を見越して、社会学者の大野晃は「限界集落」という概念を提唱した。すなわち、住民の半数が65歳以上となった集落は、ほぼ脱出不能の衰退スパイラルに入ってやがて消滅する、という概念である。国土整備を担う国交省は2006年に大野が提唱するこの基準を採用し、7878の町村が限界集落だと認定した。

この衰退メカニズムは、水稲耕作を柱としていた村社会の成り立ちと強く結びついている。稲作文化は、共同作業だけでなく、個々人の家の維持管理（屋根の修繕、雪下ろし、老人の世話など）のために住民が力を合わせることで機能してきた。これらは、昔ながらの贈り物や返礼を介しての、金銭のやりとりがない助けあいであり、個々人が収穫物の多くを自家消費すると同時に村人と分けあう仕組みと一体となっている。こうした村社会が力を失うと、すべてがガラガラとくずれてしまう。農村地帯の住民は75歳をすぎても活発に生産活動に従事しているとはいえ、互助や町村の公的サービスをもってしても村で暮らすことが不可能となるときがやってくる。この現象は、人口減少にともなう悪循環によってさらに強まる。すなわち、放棄された田畑を引きとって耕作する農民がいないのだ。村に残っている住民には、買いとる財力もしくは今以上の面積を耕作する体力がない。さらには、農地を拡大することに経済的メリットを見いだせないのだ。こうして農地は自然に戻り、所有者や相続人は無人家屋を放置する。荒廃しているうえに、リゾートとしての魅力にとぼしい遠隔地にあるため、見すてられた家屋が別荘として活用されることもない。

野生化

夏の気温が高く、雨が多い気候のおかげで、叢林はたったの一シーズンで放棄された水田と家屋を侵食する。くわえて、野生動物の出没数も増加する。以前は山林の奥から出ることがなかった動物たちが谷間や平地に降りてくるようになったのだ。

ゆえに、東北や、日本列島の南西にいたるまでの山地、日本海に面した地方でクマが出没することが多くなっている。石川、新潟、秋田、山形の各県では年に200頭以上も目撃されている。学校の近

くをうろつき、山中では死傷者を出している（被害者の多くは、ハイカーというより山菜採りなどで山に入った村人である）。イノシシも住民にとって危険な存在となっているが、なによりも農作物にもたらす被害が大きい。畑や菜園を食い荒らし、水田の畦を破壊してしまうのだ。雪深い地方には適応できないイノシシは、日本列島南西部および太平洋沿岸地方でとくに多くみられる。メガロポリスにも出没し、ゴミ箱をあさるために神戸市や京都市の北部にも降りてきて、住民をパニックにおとしいれ、道路交通を混乱させる。九州には10万頭以上のイノシシが生息し、関西地方でも同様である。シカは人間を襲うことはないが、その生息域はかなり拡大し、果樹を筆頭に農作物に多くの被害をもたらしている。また、北海道を除く全国に生息しているニホンザルも問題となっている。頭がよく、攻撃的で数十匹の集団で行動するニ

日本の野生化

凡例：
- 1km²あたりの人口が50人以下の地域
- 人がクマに襲われる事例がひんぱんにある地域

以下の動物による農作物被害（被害が大きい県）
- イノシシ
- サル
- シカ

200km

ホンザルは菜園やゴミ箱に餌を求め、ときには人家のなかにまで入りこんで食物を狙う。福島第一原発周辺の、原発事故後に住民が退避した地域でも、野生動物の進出が急速に進んだ。イノシシ、サル、シカは、放射能汚染が起き無人となった多くの村に住み着いている。

　野生動物の侵襲を防ぐため、農家は田畑にサル用の罠や案山子(かかし)を設置しているが、結局のところもっとも有効なのはワイヤーメッシュの防護柵であり、圃場(ほじょう)全体を柵でおおって、「カゴのなか」で農作物を育てることになる。こうして野生動物が山から降りてくる原因は、集落の人口減少だけだけではない。動物たちは、もはや山林で食べ物を入手できなくなったので、村や都市郊外の野菜畑にやってくるのだ。天然林を伐採して針葉樹を植えたために、大小の実をつける野生の樹木、植物、低木をふくむ生物多様性が失われた結果である。くわえて、針葉樹林の土壌では、食用に向く根や地下茎をもつ植物やキノコがさほど育たない。これに対して、村や都市近郊では、丹念に分別されたゴミ袋のなかに食べ物があふれている。しかも、ゴミ袋が路上に置かれていることも多いので、なおのこと動物にとってアクセスは楽だ。

都市の世界

　今日の日本は、近郊もふくめると人口の92％が都市部に集中する都市社会である。そこでは、人々の日常的な移動の大半を担う鉄道が大きな存在感を発揮しており、都市機能を駅の周囲に結集させている。しかし、この図式は2000年代より、東京を筆頭とする都市の中心部への人口の回帰によってゆらいでいる。この傾向は、ビジネス街の近くにまでもおよび、ビジネス街そのものも以前と比べて暮らしやすくなり、ビジネス一辺倒ではなくなってきている。

　日本の都市の広がりが生み出す風景はきわめて雑然としていると見えるかもしれない。しかしながら、現代日本の都市の中心部は江戸時代の町を下敷きにしており、都市圏は鉄道に沿って伸びている。ゆえに、日本の都市はヨーロッパ風ではないし、ましてやアメリカ風でもない。例外は、国道沿いに大型スーパーやショッピングセンターが次々と開店して、どこでも似かよった様相を呈している都市の辺縁部であろうか。

メガロポリス

日本のメガロポリス[巨帯都市、大都市圏のつらなり]は関東平野から北九州まで、1000キロにわたって広がっている。ここには日本の人口の65％と国内総生産（GDP）の68％が集中している。だが、これは均質的、連続的なメガロポリスではなく、拠点となる都市と都市のあいだには衰退しつつある地域がはさまれ、しかも東京への一極集中によって頭でっかちなメガロポリスへと変容している。さらには、韓国や大陸の黄海沿岸へと拡がるアジア経済圏の一部となっている。

日本の都市社会の骨格

2017年現在、日本の人口の68％は、日本における都市空間の定義である人口集中地区（Densely Inhabited District＝DID、1平方キロあたりの人口が4000人以上の基本単位区が隣接して、人口が5000人以上となる地区）に住んでいる。日本の都市社会のトップに君臨するのは、三つの大都市圏と衛星都市である。すなわち、中心部から半径70キロの圏内に3600万人が暮らす首都圏、1800万人の人口を擁する大阪―神戸―京都の広域都市圏、そして人口550万人の名古屋大都市圏である。その次に来るのは人口100万を超える都市であり、これらは、横浜のように大都市圏に吸収されていないかぎり、中核地方都市のネットワークを形成している。すなわち、九州では福岡、瀬戸内海地方では広島、東北では仙台、北海道では札幌が各地の中核都市であり、農山村から流出する人口の一部を吸収して成長を続けている。その一方、人口が100万以下の都市となると、メガロポリスにふくまれている都市もふくめ、人口減に直面している。この傾向は人口50万人以下の都市ではさらに顕著である。静岡市、浜松市、神戸の近くの姫路市、さらには北九州市までもがこのカテゴリーに入り、これらの都市はしだいに、辺縁の日本と同じような特徴をもつようになってきている。

メガロポリスからメタポリスへ

メガロポリスの概念は、こうした都市地帯の現実を描写するのにまだ有効であろうか？　なるほど、日本のメガロポリス圏内の取引は圏外との取引よりもあいかわらず活発であるし、人口の衰退は別問題として、経済の衰退はきわめて相対的なレベルにとどまっている。メガロポ

日本のメガロポリスの輪郭を定める二つの基準

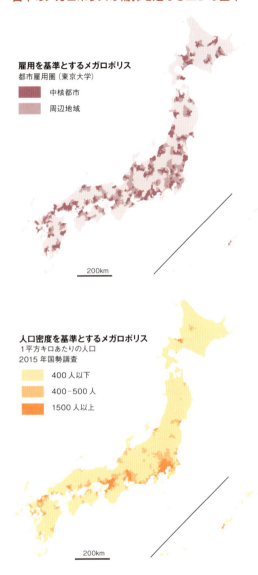

雇用を基準とするメガロポリス
都市雇用圏（東京大学）
- 中核都市
- 周辺地域

人口密度を基準とするメガロポリス
1平方キロあたりの人口
2015年国勢調査
- 400人以下
- 400-500人
- 1500人以上

でいる。

　人口密度を尺度とするなら、1平方キロあたり400人以上という基準がメガロポリスの輪郭をもっとも明確に浮き上がらせる。これにより、メガロポリスの核となる諸都市と、北関東（群馬や栃木）へ、および西方向（熊本）にいたるメガロポリスの延長線がはっきりと見えてくる。また、アメリカで採用されている大都市統計地域（Metropolitan Statistical Area = MSA）の日本版として東京大学が提唱した都市雇用圏（Urban Employment Areas = UEA）の概念を用い、雇用を基準としてメガロポリスを定義することも可能だ。東京大学が都市への通勤者の数を市町村ごとに割り出してランク付けしたところ、メガロポリス圏内の各地方において中心都市が一人勝ちの状態であることがわかった。MSA［人口密度が高く雇用や通勤で中核都市と結びついている地域］がアメリカ北東部メガロポリスのほぼ全領域に拡がっているのに対して、日本のUEAはメガロポリスを構成する各中核都市の周囲に集中しているのである。

　しかしながら、そうした中核都市とその周辺地域で構成される日本のメガロポリスの一貫性と連続性はしだいに低下している。雇用と人口の

リスの帯が通っている県は他県と比べて豊かで、人口動態もよりダイナミックで、日本のなかでもっとも都市化が進ん

東京とソウルを結ぶメガロポリス

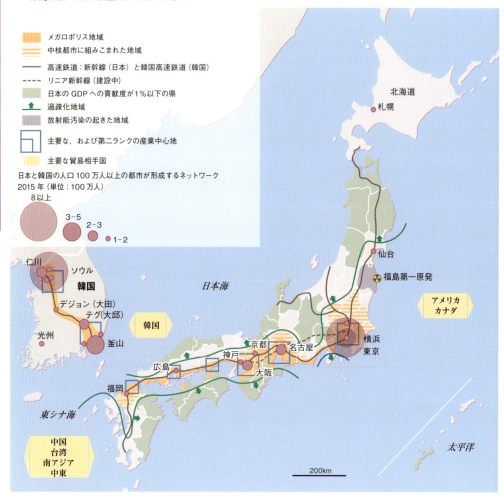

空白地帯はますます広がっており、農村地帯の凋落のスピードは上がっている。首都圏は別として、2010〜2015年に人口が増えたのは福岡県、愛知県（名古屋）、滋賀県だけである。中核都市を結ぶ新幹線はトンネル内を走ることが多くなっており、沿線にもたらす経済効果はわずかだ。

こうした地域の現実をより正しく把握するには、フランソワ・アシェールが考案したメタポリスの概念がより有効であろう。これは、都市近郊にくわえ、下請け企業の工場、都市郊外農地も大都市圏の日常機能に組みこんだ概念である。こ

れに従えば、メガロポリスにふくまれる、もっとも鄙びた地域もメタポリスに組みこまれる。幹線道路や鉄道が通って交通の便がよいこれらの地域は、都会からの観光客の需要にこたえているのみならず、近年では外国人観光客の増加でにぎわっている。

　さらには、メガロポリスをより大きな地理的文脈でとらえなおす必要がある。長年のあいだ、東アジアの経済と産業の中心であった日本のメガロポリスは現在、より大きな経済圏——日本のメガロポリスがその発展に部分的に貢献した経済圏である——に組みこまれている。ソウルと、日本の植民地時代に港湾都市として発展した釜山とを結ぶ物流軸もその一部である。ゆえに、日本のメガロポリスは、南九州というよりは韓国に向かって延びている、と見るべきだ。これこそ、太平洋というより黄海に目を向け、北朝鮮もふくめ、北京や天津へと弧を描いて拡がる大産業地帯を見すえている福岡が元気な理由である。

都市周辺部の変容

　日本における郊外の発展は、1923年の東京大震災に負うところが大きい。震災の結果、誕生しつつあった中産階級が、危険すぎると思われる都心を敬遠して郊外に住まいを求める動きが強まったのだ。私鉄を経営する企業がこの動きを促進、増幅した。戦後となると、郊外ブームは中産階級の自宅所有を可能とした。今日、この図式は住民の高齢化と都心回帰によってゆらいでいる。

鉄道路線に沿った発展

　私鉄を経営する企業（不動産開発業者でもある）の先導のもと、新しい町が次々に誕生する郊外は、戦後に農山村から流出した人口の大半を吸収した。郊外住宅地の住民はおもに中産階級であった。郊外に行けば、良質なアパートへの入居や不動産の購入が可能となったからだ。これにより、日本の都市周辺部に固有の二つの住居形態が生まれた。大規模な集合住宅［団地］と戸建ての住宅街である。前者の多くは、1960年代から建設がはじまったニュータウン（たとえば東京西部の多摩ニュータウン、大阪北部の千里ニュータウン）でみられるように、日本住宅公団が開発している。戸建て住宅地は、最大限の収益性を追求する民間の開発業者の主導により、水田が宅地に転換されるにつれて発展した。ゆえに、庭などほとんどない、建ぺい率ぎりぎりの住宅が間隔を空けずにならぶことになった。

　郊外の人口増加は、朝夕の電車による往復に長時間をついやす犠牲をともなった。電車での通勤・帰宅は、社会生活と社会的相互作用にとって重要な時間の一つとなった。

　私鉄各社は自社の鉄道の収益性を上げるため、鉄道にバス、タクシー、駐輪場、そして自動車学校までも組みこんだ輸送の仕組みを路線に沿って作り上げている。週末は、路線の奥にある施設（同じ鉄道会社が経営しているゴルフ場、遊園地、スキー場）で楽しむことができる。鉄道会社はまた、都市周辺部の拠点となる急行停車駅に大きな商業施設を併設している。都心部でも、複数の路線が乗り入れ、東京や大阪の環状線へ乗り換えることができる駅はその周囲に、中心部の商業地を凌駕する新都心を形成している。

　ゆえに、日本の郊外は、北米やヨーロッパの郊外とも、さらには中国の郊外

都心との往復、郊外のテリトリー

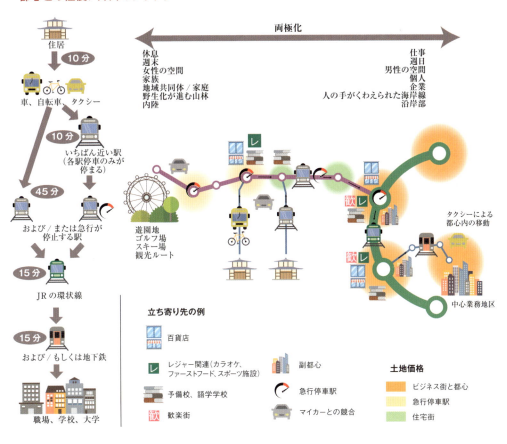

とも異なり、いまでも鉄道路線沿いに集中して発展している。都市周辺部は、高速道路ではなく鉄道路線に沿って、タコの足のように延びているのだ。こうした郊外においては、自家用車は都心部より存在感が大きく、駅やショッピングセンターへの行き帰りの短距離走行、および週末のレジャーのために使われる。

ドーナツ化現象に赤信号

東京大都市圏では、人口の75％が近郊に住んでいて、千代田区、港区、中央区といった中枢部の住民は3％にすぎない。これは、都心の人口がきわめて少なくなり、その分だけ都市周辺部に人口が密集する「ドーナツ化現象」である。この現象が顕著となったのは、土地価格の異常な高騰により高騰により、はじめて住居を取得しようとする人々がますます

日本の大都市とその郊外の人口動態

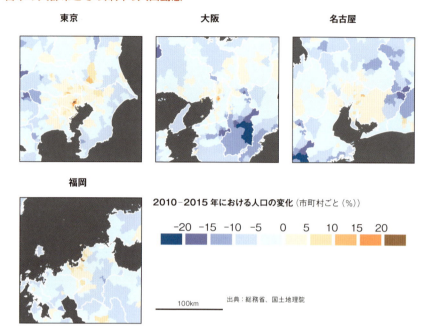

遠くに追いやられた不動産バブル期である。その結果、日中と夜間で人口の開きが非常に大きくなった。日中、郊外の町の人口は最大30％も減り（なかでも男性の人口が大幅に減る）、都心部は10倍以上もふくれあがる。

こうした郊外は、子どもを産み育てる家族のテリトリーである。日本の郊外は、全国平均よりも出生率が高く、保育園や幼稚園の数も多い。だが、2000年代からは、郊外住民の高齢化、所帯と雇用主である第3次産業の都心回帰が、郊外に変化をもたらした。大多数の大都市郊外では、流入人口よりも都心に流出する人口のほうが多くなっている。都市周辺の一部の地区は、過疎の農山村に近い人口減少に直面している。大阪市郊外では、中心に近い場合もふくめ、西部や南部の町の多くがいまや人口減少に悩んでいる。都市郊外の人口後退は、首都圏の吸引力の恩恵をこうむっている東京と東京地方、力強い製造業に牽引されている名古屋にはさほどあてはまらない。この2都市の郊外は人口を増やしつづけている。ただし、そこでも郊外拡張のスピードはあきらかに鈍くなっている。

こうした郊外に住む人々が、都心と往復する傾向もしだいに弱まっている。郊

外ではモータリゼーションが都心よりも進み、以前は電車や自転車を使っていた短距離移動の一部を自動車ですませている。これには、以前は駅の周辺と商店街のみに集中していた消費者向けの商業活動の変化もからんでいる。商業地はいまや幹線道路沿いへと移動し、全国展開のチェーンストアやショッピングセンターが立ちならぶようすは、ほかの先進国の都市近郊で進行している現象を髣髴する。水田や野菜畑はいまでも残っているが、農家が耕作する畑の隣には、年金生活者を中心とする非農家の住民に貸し出される市民農園が出現している。住宅地にも転換されなかった耕作放棄地が、アマチュア農民の手でふたたび緑化されているのだ。

都心人口の盛り返し

空洞化が何年も続いたのち、日本の都市の中心部、なかでも中枢部は2000年代からまぎれもない人口増加ブームにわいている。若い世代の所帯が流入することで、ビジネス街の近隣地区が活性化している。この現象にともない、新住民を収容する超高層集合住宅が新たな都会風景と新たな社会性を生み出した。

都心への回帰、東京に向かう奔流

都心回帰は、東京や大阪や横浜だけでなく、福岡や広島、仙台といった地方の中核都市でもみられる全国的な現象である。とはいえ、この現象がもっとも顕著なのは東京であり、しかも都心の中枢部で起きている。たとえば、2000年から2015年のあいだに中央区の人口は倍増した。当初は人口流入の動きであったものが、いまや出生率の目をみはる上昇をもたらしており、2009年には東京の平均を上まわり、この傾向が続けば2020年には全国平均をも超えると思われる。その結果、中央区の人口ピラミッドは底辺が拡がったが、これは21世紀初頭の日本では異例の現象である。こうした状況は、想定外だっただけによいことずくめとはいえない。都心の区は人口流入に対応し、保育園、学校、公園、近隣商業施設などの整備計画を実施し、必要な資金を手あてしなければならないからだ。

しかし、こうした動きは、住民が去って第3次産業だけが残った都心を再活性化している。

勢いあるこのトレンドに重要な役割を演じているのが埋め立て地である。産業施設が撤去された後の埋め立て地は容易に住居用地に転換することができた。他方、不動産の価格は下降傾向をたどり、オフィス需要も縮小していた。以上を背景に、都会の中枢部のすぐ隣に、現代日本でもっとも出生率が高い共働き所帯を筆頭とする中産階級向けに、住居を大量に供給することが可能となった。

東雲キャナルコート——成功した高層化

東京港の中央に三菱グループが所有していた工場跡地に誕生した東雲キャナルコートは、住民の都心回帰を可能とした住居用不動産再開発の好例である。これは、港湾の伝統的な産業活動(物流関連、中小製造業、中小企業)がいまでも生き残っている、きわめて雑多な地区におけ

都心回帰現象――東京の例

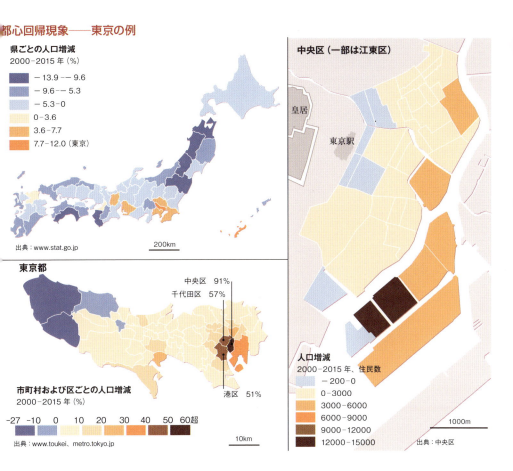

る再開発である。ここには、勤労者への住宅供給を使命とする特殊法人（都市公団、のちに組織統合により都市再生機構となる）や東京都住宅供給公社が建てた大規模な集合住宅もあり、低収入の人々がいまでも暮らしている。こうした低家賃集合住宅のうち、もっとも古いものには空き部屋が目立ち、高齢化した住民は、過疎の農山村さながらに、近隣商店の撤退により買い物にも不自由していた。

自社が所有する土地を有効活用することを望んだ三菱は、都市再生機構（UR）と手を組んだ。2004年に独立行政法人となったために資金調達に国からの保証が得られなくなったURにとっても旨みのある話だった。URはこのゾーンの区画整理を引き受け、三菱は54階の超高層住宅を2棟建てるための1区画のみを自社のために残した。残りの区画は売却され、買い手となったディベロッパー

東京港に面した東雲の住居再開発

野村
スーパーマーケットのイオン
有楽土地
都市再生機構(UR)
丸紅
APAグループ
三菱グループ
三井グループ
100m

- 東雲キャナルコート事業対象区画
- 高層集合住宅、50階
- 中央ゾーンの集合住宅(UR)、15階
- 老朽化した都営住宅群
- 1980年代に建造された集合住宅、10–15階
- P パーキング
- 緑地
- 公共施設
- 改修されたウォーターフロント
- 港湾施設・物流施設
- コンビニエンスストア

（APA、三井ほか）は、それぞれ超高層マンションを建造した。区画整備した土地の売却益により、都市再生機構は東雲キャナルコートの中央に、リーズナブルな家賃の集合住宅を6000戸分、建てることができたのだ。

月額10万強〜28万円前後という家賃（ちなみに、民間の高層住宅の販売価格は1平方メートルあたり62、3万円ほど）は、日本でもっとも地価が高い銀座から地下鉄で20分という近さの新築物件ということを考えると、破格の安さである。

さまざま世代の共存をはかるため、東雲キャナルコートのUR賃貸住宅は家族もちだけでなく高齢者も対象として、募集時期をずらして提供された。

東雲キャナルコートには現在、1万5000人以上が暮らしている。高層集合住宅を除いた土地は、幼児や高齢者の施

設およびスーパーマーケットを建設するのに使われた。こうした施設は、老朽化した都営住宅の賃借人もふくめた、近隣の住民も利用することができるので、都市共同体の再活性化に役立っている。同じような再開発は、東京港や横浜港でさかんに行なわれ、都心部の人口回復と都市再生に貢献している。新住民が以前からの住民と比べると富裕なことは確かだが、旧住民に入れ替わるわけでも、彼らを追いやるわけでもない。

　集合住宅の普及は同時に、より個人主義的な行動様式を生み出している。家賃や管理費を支払うことで、共同体の義務を業者にまかせ、社会的な監視の目からのがれることが可能となる。日本の近所づきあいにはさまざまな束縛（その多くは不文律である）が存在し、かならずといっていいほど妻の負担となり、働きつづけることを選択する女性は義務をのがれていると非難されることがしばしばだ。都心の集合住宅に住むことで長距離通勤の疲れから解放され、共同体のしがらみを受けずに行動と生き方を自由に選択できるようになり、家庭生活に多くの時間をさけるようになった夫婦が、都市の新階層として台頭しはじめている。彼らは、郊外住宅地が生み出した階層よりも多くの子どもを作ることが明らかになっている。

ビジネス街

千代田区、中央区、港区にまたがる東京都心には、日本の権力の三つの構成要素が集まっている。すなわち、政治（国会議事堂）、行政（霞ヶ関の官庁街）、経済（丸の内―銀座のビジネス街）である。地理的に隣接していることが、政治家、高級官僚、大企業の経営陣のあいだの密接な絆を固めている。

中心業務地区

丸の内―銀座地区は、日本一の、および世界でもいちばんの中心業務地区（Central Business District = CBD）である。ここには毎日、200万人以上の勤労者が通っているが、これは都心3区への通勤者の80％に相当し、66％が男性である。ここでの昼と夜の人口比は2500％を超え［昼は夜の25倍以上］、土地の47％は第3次産業によって占めら

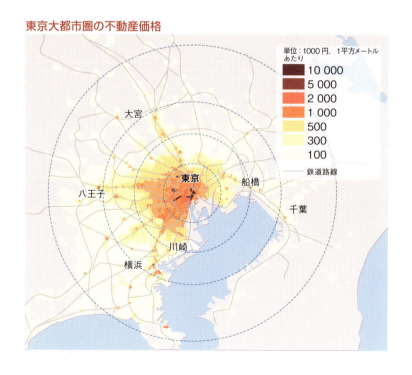

東京大都市圏の不動産価格

れ、オフィス面積は1500万平方メートルにも達する。日本企業の60％がここに本社をかまえており、そのなかには、世界のトップ企業500社ランキングに入っている日本企業52社のうちの37社がふくまれる。同ランキングに入っているアメリカ企業でマンハッタンに本社をかまえているのは17社にすぎないので、丸の内―銀座地区の半分ということになる。東京の第二のCBDである新宿は3社だけ、日本第二の都市である横浜はたった1社、大阪は7社のみである。丸の内―銀座地区の東部にある東京証券取引所は、ニューヨークに次ぐ世界第二の取引高を誇る。

不動産価格の動向が街づくりを左右する

　ほとんど規制されていない地価は、日本の都市の中心がどこにあるかを示す指標である。鉄道路線に沿って中心に向かうほど不動産価格が上昇し、主要な駅に達するとピークを迎えることでわかるように、不動産価格は都市圏の形状と変容の目印である。投機的なバブルの時代（1985～1990年）、不動産価格の高騰は住民を遠い郊外へと追いやり、都心の街区を例外なく、事業展開のための不動産へと変えていった。企業が受けられる融資の額は所有する不動産に連動しているため、日本企業の借り入れと投資のキャパシティーのレベルを決めるのは、所有不動産の価値であった。ゆえに1991年にバブルが弾け、実体経済への軌道修正が行なわれると、長いデフレ期がはじまり、日本経済は資金調達手段の一部を失った。それ以来、どのように微細なものであっても不動産価格の変動は、経済成長の長期的回復の前兆ではないかと注視されている。2005年以降、不動産価格はわずかに上昇しているが、日本全体の平均値は1978年のレベルにとどまっている。しかし東京都心では、価格上昇が進行中であり、2016年においては、東京の中心部の一部の区画がバブル絶頂期を上まわる価格で売買された。しかし、バブル期とは異なり、こうした価格上昇は局地的で一時的であり、具体的には銀座の一部の区画に限定され、東京全体に不動産価格上昇の波が拡がるようすはない。もはや東京がアジアで唯一の中心地ではなく、ソウル、香港、上海と競わねばならないという状況のもと、市場の圧力も弱まっている。不動産価格上昇を後押ししているもう一つの要因は、都市再生緊急整備地域に指定されると建築規制が緩和されるので、これまでより高価値のビルの建築が可能となったことである。都市再生緊急整備地域は2002年に選定されたが、東京の都心全体、新宿や渋谷といった副都心、臨海地域全体が対象となった。

丸の内オフィス街の再開発

凡例:
- 民間所有の建物
- 文化施設(劇場、美術館など)
- 高級ホテル
- 商業ビル(一般に開放されている)
- 公共施設
- 公有地
- 緑地
- 銀座四丁目交差点付近(日本一地価が高い場所)
- ❶ 2017年において、日本でもっとも公示地価が高かった三つの区画
- 三菱グループによる再開発地区
- 三井グループのビル
- 八重洲:再開発の対象となったJR所有地
- 2000年代に建て替えられたビル
- 2010年代に建て替えられたビル
- 高速道路
- 鉄道
- 百貨店

　さらに、小規模な不動産投資家が投機的な利益のみを追求していたバブル期とは異なり、現在の不動産市場は、都市に保有するいくつものビルの建て替えに投資することで街全体と不動産の価値を高めようとする大手ディベロッパーの独擅場(どくせんじょう)となっている。

丸の内の再開発

　丸の内―銀座のCBDは二つの街で構成されている。東京駅と皇居にはさまれた丸の内は80ヘクタールの一続きの地区であり、三菱グループが所有している。1890年に政府から払い下げられたこの地区では現在、第3次産業に従事する11万人が働いている。20世紀に実施された数回の再開発によって建物はたえまなく建て替えられたが、所有者は三菱グループ傘下の諸企業であるという構図は不変である。直近の再開発は、1980年代に最初の計画が構想されたのち、2000年代に着工された。10年をかけて、東京駅の改修と並行して、丸の内のほぼすべてのビルが建て替えられた。この地

区では前例のないことであるが高さが見なおされ、高層ビルが軒をつらねることとなったが、同時に――これも前代未聞である――20世紀初頭の建築文化遺産を活かすとの方針がとられた。ゆえに、可能な場合は建物の赤煉瓦を残すことになり、それが不可能な場合はファサードを赤煉瓦風の建材でおおうことになった。また、新しいビルにはカフェテラスや樹木が緑陰をつくる小径が併設され、ここで働く人々以外にも門戸が開かれた。ターゲットは観光客であるが、日本に駐在する外国人幹部社員をも惹きつける街として魅力を高めることも狙いである。

こうした再開発と、最新テクノロジーを完備したオフィスの供給にもかかわらず、丸の内はいまや競争にさらされ、投資と多国籍企業のローカルオフィスを誘いこむのにアジアのほかのCBDとしのぎを削っている。

日本一の地価を誇る銀座

鉄道路線の東側にある銀座は、江戸時代の下町であったが、明治になると首都東京のブルジョワ向け繁華街となった。明治時代に整備された銀座通りとその延長線上には、高級店と、ロンドンやパリの百貨店を手本として構想された百貨店（髙島屋、三越、松屋）が立ちならぶ。銀座通りは、日本の道路元標が設置された日本橋へと通じている。1963年、この橋は高速道路でおおわれてしまい、都市の景観を犠牲にしてでも経済成長を優先するという方針の象徴となった。「日本のシャンゼリゼ」とよばれる銀座通りだが、共通点は高級商業地区としての機能に限定され、シャンゼリゼのような美観をそなえていないことは確かだ。銀座通りには東京でもっとも高級な店がならんでいるには違いないが、そぞろ歩きを楽しむ人はおらず、見たところ東京のほかの通りと変わらない。とはいえ、「銀座」という住所がもつ非常に高いステータスは、国内のみならず国外においてもまだおとろえていない。小規模な土地所有者がひしめく銀座は不動産バブルの影響と投機的な取引の攻勢をもっとも強く受けた地区である。今日、建物は老朽化し、消費者を渋谷や新宿といった相対的に新しい繁華街に奪われているものの、日本一の地価を誇るのはあいかわらず銀座4丁目の交差点近辺であり、2017年における当地の最高公示地価は1平方メートルあたり5050万円であった。

都市の三つの
プロフィール

　日本の主要都市の大半は、徳川時代の17世紀に一般化した城下町モデルを引き継いでいる。権力の中枢部と武士は高台に、商人や職人たちは下町に集められた。この構造は大筋で保持されたが、近代産業発展のさまざまな段階において新たな中枢とダイナミクスが加味された。

東京——きわめつけの都会と草深い山里の共存

　当時は江戸とよばれた東京の建設は1603年、武蔵野台地の端にあった要塞を起点としてはじまった。窪地には、運河網と、堀や運河を掘ったときに出た残土を使った埋め立て地が作られた。この標高の低い地区は庶民や職人が住む下町となった。高台（山の手）には、一年おきに江戸に住むことを義務づけられた藩主たちが広大な江戸屋敷をかまえた。

　明治維新ののち、山の手はブルジョワ階級の居住地区となった。歴史的な下町は大きな変革をとげてビジネス街となり、庶民階級は北や西に追いやられた。

　武蔵野台地の東では、郊外を走る鉄道路線が発達するにつれて、農村や水田だったところに中産階級向けの戸建て住宅が建てられた。

　戦後、中産階級の住宅街は八王子や立川といった都心を離れた市にも拡がった。バブル期になると、住宅街と郊外の拡張はさらに進み、ダム湖や森林や過疎

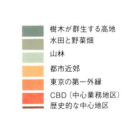

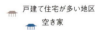

都市の三つのプロフィール

人口1350万人の東京都——草深い山里から国際的な都会まで

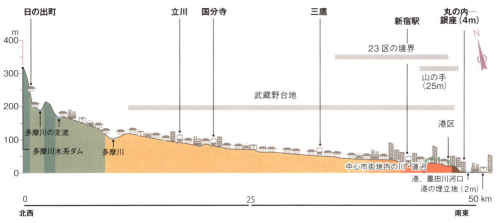

人口100万人の仙台（宮城）——東北地方の広域中心都市

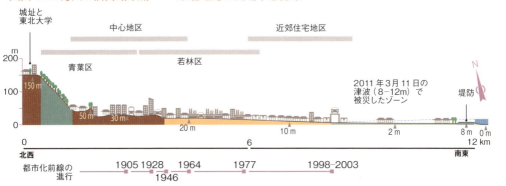

人口12万2000人の会津若松（福島）——奥州随一だった都市の衰退

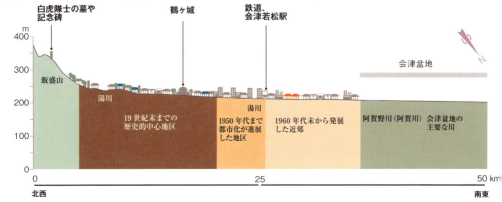

村のある奥多摩という草深い後背地にも迫った。

新宿のような副都心の誕生、高層化による丸の内再開発、タワーマンションのブームによって東京の全体的な横顔は変容をとげた。とはいえ、東京は全体的には低層の都市であり、郊外では二階建ての住宅が圧倒的に多い状況に変化はない。

仙台——人口100万の地方都市

東北地方の大都市である仙台は、典型的な元城下町である。城の跡地は大学となり、高級住宅地は高台の青葉区に拡がっている。

河畔の標高の低い地区では、1982年に開通した東北新幹線の仙台駅を中心として第3次産業が発展している。その向こうには、戦前の古い工業地帯があったが、1945年に空襲によって破壊され、仙台再建時に都市近郊として住宅に蚕食された。住宅の進出は稲作が行なわれていた平地にもおよび、手ごろな価格の分譲地と野菜畑が入り乱れる様相を呈している。

都市化は、貨物港に通じる道路に沿っても進んだ。2011年3月11日の津波で大被害を受けたのは、その大部分が湿地や海を埋め立てた、海抜2〜3メートルのこうした低地である。

会津若松——降格された歴史ある城下町

若松は、軍事的に最強の藩の一つであり、徳川家との関係が深かった会津藩の城下町であった。1869年、幕府に忠誠を誓っていた会津藩士たちは打ち負かされ、若松は官軍の手に落ちた。敵の手にかかるよりはと、少年兵らが郊外の飯盛山で自害するほど死にもの狂いの抵抗を見せたためか、若松は降格され、県中部の平地にある福島が——若松よりも小さな町であったにもかかわらず——県庁所在地に選ばれた。主要な幹線道路からはずれている若松は、日本の中規模都市の多くと同じ運命をたどることになる。高台にあり、かつて武家屋敷があった歴史ある地区は住民が高齢化し、人口が減っている。その下にある、駅を中心として発展した商業地区では、商業活動の衰退にともない、空き地を利用したパーキングが目立つようになっている。

新しい地区は近郊で発展し、近くに通っている高速道路や会津若松を迂回する道路に沿って大型チェーン店がならんでいる。こうしたチェーン店の進出が、市内の商店街の衰退をまねくことは教科書どおりである。

なお、会津盆地の美味しい米と銘酒は、2011年3月11日の東日本大震災以降、放射性物質による影響を疑う消費者から敬遠されて苦しんでいる。

城をもたない町は、商店がならぶ主要道路を核として発展した。ただし、重要な神社仏閣がある場合はその門を起点として発展した（門前町）。しかし鉄道の開通後は、前身が城下町ではない少数派の大都市（札幌と横浜）と同様に、公共施設や経済活動は駅周辺に集中するようになった。

性風俗業とヤクザ

駅の近くにあることが多い歓楽街（盛り場）には、飲み屋はむろんのこと、ホステスのいるバーやマッサージサロンにいたるまで、ありとあらゆる店がそろっている。
　すべて快楽を提供する施設であり、こうした店に出入りすることを客が恥ずかしく思うことはまれだ。水商売とよばれるこうした経済活動には暴力団組員（ヤクザ）の息がかかっていることもあり、ヤクザはこの種の店に人材を提供するほか、売り上げの一部を上納させている。

吉原、歴史的な風俗街

　江戸社会において性的サービス提供の場であった遊郭は、公序を乱すことがないかぎりにおいてかなり大目にみられていた。とはいえ、もっとも有名な遊郭であった吉原は1701年、江戸の北東部に移動させられた。浅草寺を境として江戸の町とは隔絶されていたが、ほろ酔い気分の人々でにぎわう有名な場所であった。ここで働く娼婦［遊女］は地方出身の娘たちであった。堀［お歯黒溝］に囲まれた吉原は閉ざされた町であり、娼婦たちは娼家［妓楼］の経営者への借金でしばられていた。この遊郭の表玄関である大門へは、山谷堀に浮かべた船で通う客が多かった。大門をくぐると、裕福な客は茶屋とよばれる仲介業者の店に行き、遊女をよんで宴会を開く。吉原を去る客は、「見返り柳」でふりかえって名残をおしんだ。

　明治時代に入ると政府がプロテスタント風に風紀を厳格に取り締まる方針を採用したため、東京では男女混浴が禁止されたが、組織的売春は禁止の対象とならなかった。戦後のアメリカ占領下、組織的売春は警察が地図上で赤線を引いて特定した区域以外では禁止された。吉原も赤線地区となった。1958年に売春を禁止する法律が成立すると、売春は「客をもてなす」さまざまな業種に分化して、マッサージサロンや「ソープランド」で事実上営まれている。

　21世紀の吉原はもはや性風俗業に特化した街ではなく、一般人の住居もあれば通常の経済活動も営まれている。現代の大規模な盛り場は歌舞伎町（新宿）や円山町（渋谷）などである。とはいえ、吉原の中心にはまだ典型的な水商売が驚くほど集中している。

　もう一つの特徴は組織的犯罪集団の介

原——かつての遊郭

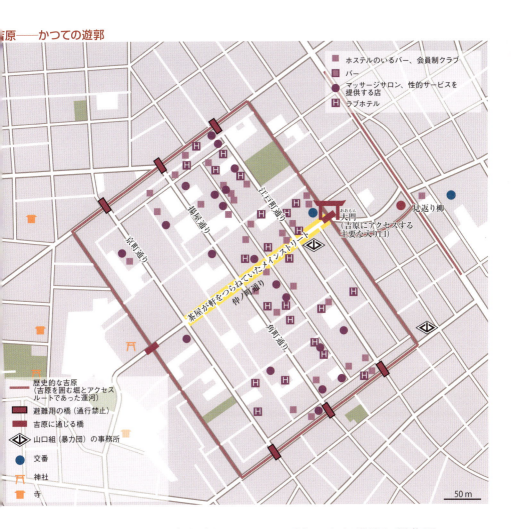

ヤクザという組織的犯罪集団

　組織的犯罪集団は性風俗業にくわえ、経済活動のさまざまな分野にくいこんでいる。彼らにとって、恐喝は伝統的な資金源であるが、建設現場や危険な作業（たとえば原発事故後の除染作業）への安価な人手の供給も同様である。賄賂や不動産開発にともなう表ざたにできない

在である。吉原には山口組が事務所をかまえ、組員用の宿泊所もある。女性の肉体を搾取する売春とならぶのが、吉原からすぐ近くの山谷における男性の肉体の搾取である。日雇い労働者が多く住む山谷では、安価で意のままになる労働力を、組織的犯罪集団とのかかわりがある仲介人に提供しているケースもみられる。

おもな暴力団とそのテリトリー

交渉の仲介役、高利貸しも彼らの仕事であり、不透明性と法律違反を必要とするあらゆるタイプの業務（たとえばある種の産業廃棄物の処理）にもかかわっている。福島の除染現場でも彼らは暗躍している。ヤクザはまた、ちょっとした犯罪を起こす者たちににらみをきかせ、彼らを自分たちの組にとりこんでいる。

暴力団は堂々と組の名を語り、街中に事務所をかまえているので、彼らのテリトリーを図示することはたやすい。6000人の正式組員をかかえる最大の山口組は、伝統的に暴力団が活発とはいえない農村地域や東北地方もふくめ、全国に展開している。とはいえ、本部が神戸に置かれていることもあり、その勢力は関西に集中している。関東を本拠地とする住吉会と稲川会は組員数でみれば第二位と

第三位に位置づけられ、勢力範囲は九州に限定されるが強力な九州の暴力団（久留米の道仁会と北九州市の工藤會）が続く。暴力団の多くは、瀬戸内海沿岸を中心とする西日本を発祥の地としている。彼らは、港湾や工業都市に労働力を供給して統制する役目を引き受けた。イタリアの犯罪組織と同様に、彼らは極右組織と親和性があり、1960年代までは強硬な経営者の求めに応じ、労働組合指導者の脅迫や暴力的なスト破りといった手荒い任務を引き受けていた。

　しかし、伝統的なヤクザは退潮傾向にある。経済活動の複雑な金融化、組員の高齢化、伝統的な商業活動の衰退が彼らの収入源の枯渇をまねいたからだ。同時に、覚醒剤や売春で日本に進出している中国系マフィアとの競争にもさらされている。そのうえ、日本企業の国際的な信用度を高めることを目的に1990年代からはじまった暴力団規制強化が打撃となっている。

美しい地区と雑然とした地区

　都市圏のレベルにおいても、地区レベルにおいても、都市空間の社会学的区分を同定することは容易ではない。建物の類似性、機能の多様性、社会的不平等にかんする議論のおよび腰が、区分の理解をむずかしくしている。多くの場合、街全体が老朽化しているか、最新の建物がならんでいるかで区別するにとどまることになる。ただし、両極端の二つの例を比較すると、高級な地区とその他の地区を分ける基準が見えてくる。

恵比寿、きわめて高級な地区

　皇居の西南に位置する恵比寿は、前近代に支配階級が住んでいた地区の延長線上にあって、高台に位置する街区の一つである。

　明治維新ののち、ブルジョワ階級が最初に別宅をかまえたのはそうした街区であった。東京の中心部、とくに港区の機能が商業に偏るようになり生活の質が悪化すると、こうした別宅は本宅となった。その結果、新たなブルジョワ地区が誕生した。それが代官山、目黒、恵比寿、より南西に位置する成城学園であり、1920年代に開発され、近代の美観地区の原型となる田園調布もしかりである。

　戦後となると、広大な所有地は遺産相続や所有者の没落によって分割され、周囲には、小径や袋小路が多く、比較的ゆったりとした戸建て住宅街が生まれた。恵比寿の東部にはその名残がまだみられる。恵比寿の大きな特徴は、かなり起伏に富んでいることだ。高級住宅街としては代官山の後塵を拝する恵比寿には、自衛隊駐屯地やサッポロビール本社といった大きな施設がある。サッポロビールはここにあったビール工場を1988年に閉鎖し、三井と組んで跡地を再開発し、恵比寿ガーデンプレイスを開業させた。これは、高級商業施設、オフィスビル、ホテル、上質な集合住宅の機能をもつ複合施設である。全体の美観は非常にすぐれており、設計思想のテーマは、現代日本のブルジョワ層を生み出した西洋化時代の日本である。再開発にあたっては、少なからぬ国が近隣に大使館をかまえていることを意識し、その多くがこの地区に住んでいる高給取りの外国人にアピールすることを狙った（彼らの存在がガーデンプレイスの異国風でシックな雰囲気をいやがうえにも高めて

の手の町、恵比寿

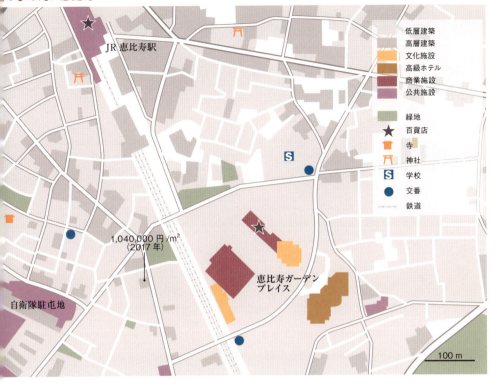

いる)。道路網を組みこんだ起伏のある地形、戸建て住宅や高級マンションを主流とする住宅地としての機能、高級な商業施設と手入れがいきとどいた緑地の存在、公害をまきちらす製造業の不在という、日本の都市の高級地区に必要な条件が整っている恵比寿は高く評価されている。山手線上に位置する恵比寿駅は、鉄道網の要所ではないために乗り換えの乗降客が多いわけではなく、人間的な規模を保っており、この地区の地価を高水準（2016年現在で1平方メートルあたり120万円前後）に保つ要因となっている。

墨田川の対岸にある菊川

　地下鉄の菊川駅を知っている東京都民はどれほどいるだろうか？　墨田区と江東区にまたがる下町に位置する菊川は湿地を埋め立てた土地であり、海抜0メートル、場所によってはマイナス1メートルである。隅田川と江戸川をつなぐ運河が通るこのあたりの土壌は粘性があって地震に弱く、自然災害への脆弱性がことに心配されている。1945年、一帯は空

東京の下町、菊川

襲によって完全に破壊された。大きな運河は瓦礫を使って埋め立てられ、道路となった。ここでは、19世紀の終わりに東京に工業地帯を作るときに引き継がれた、前近代の下町に特有の直交する道路のつらなりがみられる。

恵比寿と同様に、ここでも戸建て住宅が多いが、庭のない同じような家が積み木のようにならんでいる。集合住宅は、中級マンションやアパートである。人口密度は1平方キロあたり2万7000人と、恵比寿の1万9000人を上まわっている。商業施設についても同様であり、古びた小さな商店やコンビニ、東京出張の中小企業管理職や低予算の観光客が利用する「ビジネスホテル」しか見あたらない。製造業は中小企業によって維持されており、倉庫の数も多い。緑地は公園にかぎられ、寺も神社もない。工業高校を擁する菊川にみられる町の構造は、江東区全体に共通している。地価は恵比寿と比べて40％も安い。

過剰な国土整備

日本では長いあいだ、海運が物資輸送の大半を担っていた。道路は多くの場合、徒歩での移動用の小道であった。都市内部においても、人は歩いて移動した。車がこうした道を走行するのはむずかしかったために、鉄道がおもな輸送手段となった。

自動車のパラドックス

過去の日本において、馬車そして自動車が都市内部および街道における主要な輸送手段であったことは一度もなかった。街道についていえば、17世紀から東京と大阪を結んでいた有名な東海道でさえも、本物の街道というよりは小道とよぶべきものであり、旅人はもっぱら徒歩で行き来し、幅もせいぜい数メートルであった。鉄道が敷設される近代産業化時代まで、物資輸送を担ったのは運河、河川、沿岸航行であった。この歴史的経緯こそが、都市旧市街の道路事情——徒歩での通行を想定した狭い路地——の理由である。道路を建設するには区画を整理し、狭い土地を所有している無数の権利者たちと交渉しなくてはならない。そこで、大通りの大半は、運河を埋め立てたその上に、もしくは自然災害(たとえば1923年の東京大震災)や戦災(1945年の空襲)が大規模な破壊をもたらした機会をとらえて建設された。東京においては、移動手段として自動車が占める割合はいまでもたったの12％と劣勢であり、自転車は14％で、残りを鉄道が占めている。都会の中心から離れると事情は異なるものの、世界でも一二を争う自動車生産国、日本における自動車の位置づけは逆説的である。

支配的な鉄道

1871年にはじめての路線が敷かれて以来、鉄道は急速に発展した。混雑と身体的苦痛(ラッシュアワーには乗車率が250％にもなり、キャパシティーを増やすために座席をとりはらった車両もある)にもかかわらず、鉄道は都市圏内の人員輸送手段として首位を占める。都市間の移動についても、鉄道は優位を保っている。メガロポリスの内部では、たえまなく改良が続いている新幹線が人口100万人以上の都市を結び、その延長として九州南端と北海道にも達している。仙台と福岡のあいだでは、新幹線のおもな客は当然ながらビジネスパーソンである。メガロポリスの外側に拡がるローカ

ル線は、中規模都市をメガロポリスと結ぶことを目的としているが、なんといっても、大都市からの観光客——最近では外国人観光客の数が増える一方である——の足となっている。

利用者数が世界でもっとも多いのが日本の駅である。世界一は1年に12億6000万人が利用する新宿駅だが、これに続く渋谷駅、池袋駅（以上、東京）、梅田駅（大阪）、そして日本のその他の駅20が世界のトップランキングの上位を占める。縁辺地方ではいまでも、赤字ながらもローカル線が維持されており、地方バスや長距離バスが鉄道路線沿いにネットワークを築いている。

鉄道の未来はまだまだ明るい。新幹線は北へ北へと延びているが、それよりもなによりも、磁気浮上式の新幹線（リニア新幹線）に期待が集まっており、建設工事が進んでいる。日本アルプスを縦断する438キロの路線であり、2027年に東京と名古屋を40分で結び、2045年には東京から大阪までを1時間で走破する予定である。

高くつく過剰な国土整備

鉄道のほか、輸送インフラ全般は戦後の日本において地方振興の手段となった。1990年代に陰りがみえた経済成長にテコを入れるため、または2011年3月11日の大地震のあとなど、大規模な公共工事に飛びつく傾向はいつもながらだ。大半が自民党に属する地方政界とゼネコン（大手総合建設業者）の結託の結果であることもしばしばだ。道路、鉄道、橋、迂回路、トンネルなどはたえず刷新の対象となっていて、過剰にインフラ整備された日本の田舎はコンクリートが君臨する世界である。投資に見あった交通量がかならずしも確保されるわけではない。その典型的な例が、四国と本州を結ぶ橋、東京湾を横断するアクアライン、海上に建設された長崎空港、北九州空港、神戸空港である。いずれも巨額の費用をかけて建造されたが、赤字をたれ流している。人口減少がいちじるしい地方を結ぶインフラであるため、収支が改善する見こみはほぼ皆無である。

東京と大阪にみられる大都市圏の構築

日本の都市の拡がりはしばしば無定型で混沌としているとの印象をあたえる。もっと整然とした都市を夢見る、都市計画担当者や建築家たちもときとして同じ感想を口にする。しかしながら、日本の大都市圏はたんなる町の集積でもないし、流れしだいで仮足を伸ばすアメーバでもない。その組織形成には一定のロジックがあり、そのうちのいくつかのロジックは驚くほど一定している。

東京の三つの構造

東京の都市圏は、都心を中心として、半径約70キロの円を描いている。都心では、城下町時代の歴史的ヘリテージが色濃く残っており、このことが、東と北の庶民的な下町と、ビジネス街や住宅街がある南や西の高台（山の手）とのあいだに明確な境界線を引いている。この二分法のロジックは東京大都市圏レベルでもみられ、東京西部の武蔵野台地と、東京の工業地帯に沿って船橋や千葉へと延びる沖積地層や東京の北にあたる埼玉のベッドタウンとのあいだには分断がある。前者はホワイトカラーが住む郊外であり、後者には庶民階級が集中している。こうした区分を強化しているのが、前近代の東京［江戸］から受けついだもう一つのヘリテージである。すなわち、北東の方角を不吉な鬼門とする土地占い（風水や陰陽道）の名残りである。空気

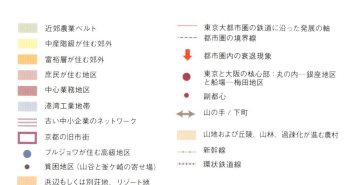

近郊農業ベルト
中産階級が住む郊外
富裕層が住む郊外
庶民が住む地区
中心業務地区
港湾工業地帯
古い中小企業のネットワーク
京都の旧市街
ブルジョワが住む高級地区
貧困地区（山谷と釜ケ崎の寄せ場）
浜辺もしくは別荘地、リゾート地

東京大都市圏の鉄道に沿った発展の軸
都市圏の境界線
都市圏内の衰退現象
東京と大阪の核心部：丸の内―銀座地区と船場―梅田地区
副都心
山の手／下町
山地および丘陵、山林、過疎化が進む農村
新幹線
環状鉄道線

東京と大阪の大都市圏の社会・空間的構造

マイナスの方向
17-19世紀：下町、性産業、寺院
20世紀：汚染をひき起こす工業と社会的評価が低い経済活動
20世紀と21世紀：不動産価格の急速な下落、ジェントリフィケーション[低所得者層が住む地区の再開発による階層の入れ替え]が起こりにくい

逆方向
首都圏のポジティブなベクトル
17-19世紀：高台、大名や旗本の屋敷
20世紀：鎌倉方面で別荘ブーム、ブルジョワ層が住む郊外の発展
20世紀と21世紀：土地価格の持続的上昇、高級住宅街、高級マンション

や水を汚染する製造業のような迷惑な経済活動は東京の北東に追いやられたうえ、宇宙の悪しき影響を封じて江戸を護るために中国由来の伝統にしたがって寺社が配備され、さらに北の日光の山中には徳川将軍の霊廟が造営された。

これに対して、皇居［江戸城］の南西は上流の一帯となった。これは、歴史ある高台（山の手）の港区からはじまり、大ブルジョワ層が住む高級住宅地（成城学園、田園調布、横浜の元町）へと続いている。その延長線上にあるのが、鎌倉近辺や相模湾沿いのリゾート地である湘南であり、さながら「東京のドーヴィル［ノルマンディの海辺の町。鉄道が開通して以来、パリのブルジョワたちが通うリゾートとして栄えた］」である。1910～1920年代、近代日本における初の別荘が建てられた湘南は戦後、東京や横浜の富裕層の子女が青春を謳歌するリゾートの一つとなった。

とはいえ、東京の地理と歴史のかかわりに根ざした以上のロジックは、放射状に発展する鉄道網とかみあわなくなった。鉄道網の拡がりにより、相互乗り入れといった技術的要素が重要になるのは当然であるが、それよりもなによりも、環状鉄道線にアクセスするのに要する時間に応じて新たな中核地区が台頭することになる。鉄道網は、東京大都市圏全域レベルで都市形成の新たなロジックを作り出した。古典的な同心円状の図式（中心―周辺モデル）に呼応するロジックである。

大阪―京都―神戸の連合都市

大阪の大都市圏の拡がりは、東京と比べて範囲が狭く、半径50キロ以下の円を描いている。均質な発展をさまたげる山地があるため、雑多な構成の連合都市が形成されている。神戸は日本の開国にともなって大阪の国際港として1858年以降ようやく発展がはじまった。大阪も1583年に近世都市として整備がはじまった比較的新しい都市である。794年に日本の首都として整備された京都は、中国モデルにならった、碁盤の目のように街路が交錯する当時の都市プランをいまでも残している。しかし、京都は当地固有のロジックにしたがって変化をとげた。すなわち、高級住宅街は東山地区に、次いで近年では下鴨から北へと、もしくは、別荘地であった宇治がある南東へと拡がった。もともとの都市プランの西側は湿地であったため、発展するようになったのは近代産業化がはじまってからである。桂川と鴨川の合流地帯以南も同様であり、ここは労働者階級の居住地となった。現在ではどちらも大阪の市街地に組みこまれている。

大阪はその成立と同時に、日本の製造業および金融の中心地となった。19世

紀に大阪が産業革命の揺籃の地となったのは当然のなりゆきであった。東京と同様に、大阪の工業地帯は下町の延長線上に発展した。すなわち、まずは大阪城の西に、次いでウォーターフロントに発展し、労働者の居住地は後者に集中した。大阪城の足もとでは、船場と梅田を結ぶ幹線道路沿いにビジネス街が発展した。

大ブルジョワ層はどちらかといえば神戸方面に住まいをかまえており、六甲山や芦屋、西宮には高級住宅街が形成されている。中産階級は環状鉄道線の南や東の市街地に暮らしている。

東京と異なり、大阪は第三次産業への転換にのり遅れて東京に差をつけられた。大阪はまた、とりわけ貧困な地区である釜ケ崎を筆頭に、経済も人口も衰退しつつある地区をいくつもかかえている。郊外でも東京とは異なり、住民の高齢化が外部からの流入によって相殺されることはない。京都がこうした衰退スパイラルからのがれているのは、観光地としての魅力があるためだ。

規格外の空間

　北海道と琉球列島（南西諸島）が日本の国土に組み入れられたのは遅く、19世紀末であった。これらの新領土は、日本列島のほかの地方とは気候が異なるが、違いはそれだけではない。もともとの住民が異なる文明体系に属していることに、入植の手法、日本への同化というファクターがくわわり、その他の日本を律するロジックからはずれた特殊な領土を形成している。

北海道、開拓のフロンティアからエキゾティックな国境まで

　1868年まで蝦夷地とよばれていた北海道は長いあいだ、東北遠征を行なった大和朝廷による吸収もしくは殺害をのがれた日本列島の先住民が存続する、最果ての地であった。16世紀には、松前藩がアイヌ民族にとって不平等な交易を実践する辺境領となった。17世紀に入るとロシア人との接触が頻発するようになり、幕府は国土防衛のために北海道の植民地化を積極的に進めるようになり、1789年には最後まで抵抗していたアイヌ部族を服従させた。ロシアと結んだ日露和親条約（1855年）により、北海道は完全に日本の領土に組みこまれた。

　亜北極気候の北海道は、農業、とくに稲作を実践するのがむずかしい土地であった。それでも初期の入植者たちは20世紀初めに、寒さに強い品種の導入によって稲作に成功した。日本列島の各地からやってきたこれらの農民は新天地で新たな社会を築き、いまや、北米の開拓民のイメージをさほどむりせずにみずからに重ねあわせることで独自のアイデンティティーを形成するにいたった。というのも北海道は、アメリカから招聘した農学者の指導のもとで西洋の栽培技術を試す実験場でもあったのだ。アメリカ人農学者たちは、粗放的な多角的同時栽培と牧畜の組みあわせ、動物に犂を引かせての耕作、次いで農業機械の使用、さらにはログハウスの農家、ミッドウエストの開拓者の服装までをも普及させた。その結果、広々とした麦畑、牛の放牧地、境界林などからなる、日本のほかの地方では目にすることがない農村風景が生まれた。現在でも、農業は漁業とならび、北海道の経済基盤である。しかし、北海道は都市化が進んだ社会であり、人口の70％は人口集中地区（DID）で暮らしている。札幌都市圏は別として、北海道の

北海道——農業地帯、都市社会

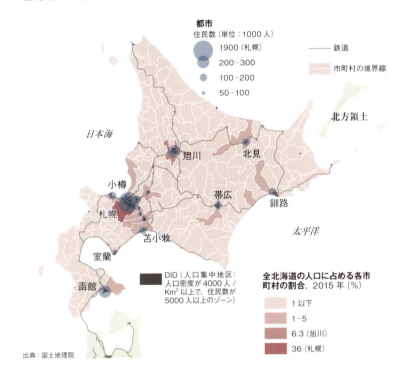

出典：国土地理院

人々は互いが直線道路で結ばれた農村地帯の大きな町に住んでいて、自動車が移動手段として君臨している。

炭鉱産業と林業は1970年代に斜陽となり、それ以来、北海道の人口は減っている。樺太などを失って以来、北海道はふたたび日本列島の最北端となった。ただし、北方領土（南クリル諸島）にかんするロシアとの国境紛争が解決すれば、オホーツク海の開発に新たな可能性が開けないでもない。

琉球——外に開けた島々

東アジアにおける海洋貿易を富の源泉としていた琉球王国は、1609年に薩摩藩の植民地となった。表面的には独立が保たれていたので、中国との交易、交流は継続された。それも1879年に終わりとなり、沖縄県が制定され、住民は日本への同化を強制された。同化政策は強い不信感を生み出した。本土に移住した沖縄の人々が偏見と差別に苦しんだだけになおさらだった。

太平洋戦争のあと、琉球列島はアジア

琉球、多様な列島

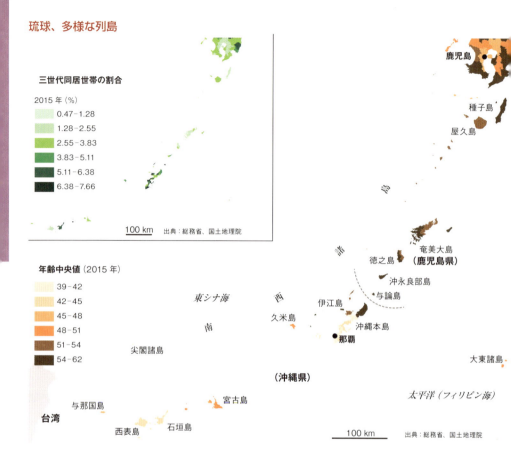

におけるアメリカのプレゼンスのかなめとなった。住民は、沖縄の土地の40％を占有するアメリカ軍——日本全体の駐留米軍の75％が沖縄本島に集中——の存在を耐えることとなった。軍用機による住宅上空の恒常的な飛行、人口密度の高い地区で頻発する事故、自然環境の破壊、地元民に対する米軍兵士による犯罪が原因となり、沖縄は米軍基地の一部の本土への移設を求めるにいたった。だが、本土のどの自治体も基地を受け入れようとしないので沖縄住民の願いはかなわず、自分たちは不当に扱われているとの思いがつのった。

日本への同化政策にもかかわらず、塊茎植物の栽培、豚の飼育、石造りの伝統的な住居、太平洋のほかの島々との婚姻をとおした結びつきにみられるように、地元民の文化基盤は太平洋文化圏に近いままだ。さらに、琉球諸島の出生率はま

だ非常に高く、本土の人口動態とは対照的である。ただし、同じ琉球列島でも場所によって状況には幅がある。沖縄本島の北部から九州にかけての年齢中央値は、それより西側に位置する島々と比べて10歳も上である。後者においては、たとえば三世代同居世帯の割合が大きいなど、前者と比べて伝統的な社会構造が残されているのは事実である。ただし、隣接している島々もふくめ、人口動態は島ごとに異なり、大きなバラツキがある。たとえば、石垣島の場合、転出する人は転入する人よりも多く、15キロしか離れていない西表島と比べて三世代同居世帯の割合が高く、自殺率も上まわっている。西表島の状況は逆であり、世帯の規模は小さく、転入する人が転出する人よりも多いだけでなく、石垣島と比べて住民の年齢は若く、女性の数が少なく、国際結婚の世帯はずっと少ない。同じような違いは、ほかの島々にもみられ、極端なものもふくめた島嶼(とうしょ)効果がいかに相反する結果をもたらしうるかを示している。

北海道が冬の観光を売り物としているのに対して、沖縄は日本にとってトロピカル観光の拠点であり、韓国や台湾をはじめとするアジアの近隣諸国から訪れる人が増加している。

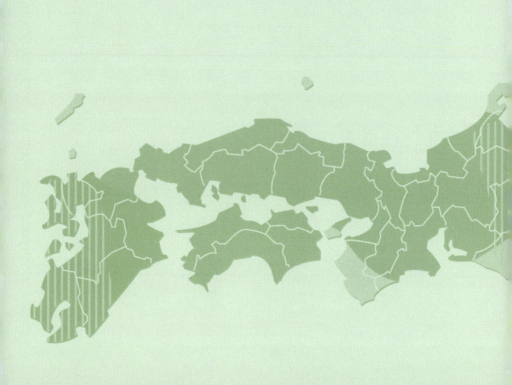

経済と社会

　日本の高度経済成長と一部の分野での産業の隆盛は過去の話となった。地価高騰によるバブル景気が崩壊した後、日本経済はいくぶん鎮静化し、ほかの既存の工業大国と同程度の成長率にとどまっている。とはいえ、日本が衰退しつつあるわけではなく、依然として世界第3位の経済大国であり、第2位の勢いがあった時期よりさらに富を保っている。この産業の強靭な体力は大規模な自然破壊という代償を払ってつちかわれた。大量のコンクリート、プラスチック、重金属が自然を荒廃させ、いたる地域に汚染をおよぼした。2011年3月11日に起きた津波による福島の大惨事はその最近の例のひとつである。経営者による隠蔽にいちじるしくあらわれた対応のまずさや、避難民への援助の不十分さは、戦後、深刻な汚染の問題が表面化して以来、ほとんどなにも変わってこなかったことを示している。しかしながら、一連の動きは進んでおり、福島県ではいま脱原発と低炭素化を喫緊の課題とし、取り組んでいる。社会活動面では、女性をとりまく条件を早急に改善できるかどうかが出生率回復のかぎとなっている。2005年から微増傾向にあるものの、依然として出生率は低い。政界の一部では移民の受け入れを示唆する声もあるが、ヨーロッパ同様日本においても少子化を埋めあわせるほどの効果は期待できない。

産業競争力の維持

1980年代以降、第3次産業の拡大が進んでいるにもかかわらず、日本は依然として先進工業国でありつづけている。ほとんどの重工業や電子機器製造業の生産拠点はアジア各地に分散したものの、日本の工業における雇用はドイツと同レベルを保っており、もっとも活気のある名古屋など、メガロポリスの大工業地帯に集中している。

従来の工業地帯

戦時下の1930年代、そして高度経済成長期を迎えた20世紀、日本の経済力をつちかった大工業地帯は、東京湾、伊勢湾、大阪湾という三つの湾に面している。東京湾には京浜工業地帯と京葉工業地域、名古屋に中京工業地帯、大阪と神戸に阪神工業地帯がある。

北九州工業地帯、瀬戸内工業地域なども三大工業地帯に次ぐ規模である。さらに鹿島臨海工業地域、常磐工業地域といった、石油コンビナートを擁する三番手の工業地域が存在する。鹿島には発電所が多く、その北の常磐は機械工業が発達している。関東平野の北には東京という大都市圏の諸企業が工場をもっている。内陸にある長野盆地の企業（セイコー）や、金沢、新潟といった日本海沿岸の企業のように、特定分野に強みをもつ企業もある。

産業競争力

工業生産額
2015年（単位：100万円）
- 52-774
- 774-1500
- 1500-2218
- 3661-4383

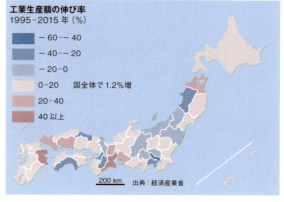

工業生産額の伸び率
1995-2015年（％）
- −60 − −40
- −40 − −20
- −20 − 0
- 0 − 20　国全体で1.2%増
- 20 − 40
- 40以上

出典：経済産業省

産業競争力の維持

おもな工業地域と工場進出

凡例:
- 工業地帯・工業地域
- ▲ 高度技術集積都市
- ● 鉄鋼業
- ■ 半導体工場および協力工場
- 自動車、オートバイ、トラック工場
  - ◎ トヨタグループ
  - ◎ 日産グループ
  - ◎ ホンダグループ

　とはいえいまや従業者数では、名古屋を中心とする中京工業地帯が日本最大となっている。自動車（トヨタ・ホンダ）、鉄道車両（日本車両）、航空機（三菱重工）生産といった機械工業が中心である。東京と大阪が低下しつつあるのに対し、中京工業地帯は工業生産額においてトップの座を占め、さらなる成長を続けている。

　日本の産業構造は、1980年から1993年にかけて促進された「テクノポリス」計画によってさらに強化された。この計画は、経済成長の格差是正をはかり、周辺地域に先端技術産業を中核としたテクノポリス（高度技術集積都市）を実現することをめざしたものだった。その成功の度合は地域によって異なる。関東の高度技術都市圏と、さらにその先、メガロポリス延長線上の宇都宮や福島にいたる高度技術都市圏は当初の成長目標を達成し、九州の熊本や大分もそれにつづいた。それに対し、瀬戸内海地方、日本海沿岸、北海道といった地域は目標達成にはいたらず停滞している。半導体など、先端電子機器製造に特化した拠点がそれにあてはまり、アジアにおける過当競争と地域的な人手不足のあおりを受けている。

　電子部品にかんして、日本は台湾やア

メリカにトップの座をゆずったが、画像センサーや高画質スクリーンの分野では優位を保ち、韓国やアメリカの企業に供給している。工作機械や産業用ロボットにおいても日本企業はリードしている。

産業用ロボットの分野で日本のメーカーはトップシェアをしめ、首位のファナック、2位の安川電機をはじめとする国内メーカー7社は世界の10大メーカーにランクインしている。国内トップ2社のあとを川崎重工業（4位）、不二越（5位）、デンソー（7位）、三菱重工（8位）、エプソン（9位）が追う。

大規模な主要鉄鋼メーカーでは生き残りをかけた再編が進められ、世界的な需要が追い風となっている。とくに牽引役となっているのは特殊鋼で、新日鐵住金（生産高世界3位）、JFE（世界8位）という二大メーカーがあるおかげで、日本は中国に次ぐ第2位の鉄鋼生産と輸出量を誇り、さらにこの2社で国内生産量の40%を占める。

そのうえ、日本は産業全体が自動車産業に牽引されている。軍事、船舶、航空の分野では新たな専門化が進み、日本の産業基盤は盤石である。さらに、繊維産業において一頭地を抜く発展をとげていることは瞠目すべきであり、ユニクロはその代表である。なみはずれた存在だが、日本の産業発展の典型的な成長モデルだ。日本人のアイディアと資本を元手に中国あるいはベトナムで生産し、世界中に輸出し、日本に利益が返ってくるというパターンである。

超大企業の維持

経済組織としての日本の生産機構はいまなお、系列とよばれる大企業の存在感がきわだっている。第2次世界大戦終結まで存在し1945年に解体された財閥の流れをくむ企業集団である。とはいえ、1950年から認められた財閥再編の際、その構造は大きく変化した。

ピラミッド構造に代わって、もっと横ならびに近い提携によって企業が結びつき、表向きは独立していながら、相互に資本参加し、企業風土をしっかりと共有した。経営陣は刷新され、創業家一族を一掃するいっぽう、一流大学出身者や元官僚といったテクノストラクチャー（専門家集団）の手に経営権がゆだねられた。このエリートたちは経済界のあらゆる分野にちらばり、統制のとれた行動をし、危機におちいったときは助けあった。公的需要や国内市場に対して優先的に経済活動を行なうこともできた。今日、大きく分けて4つの企業グループとなり、なかでも数十社からなる三菱はもっともきわだった存在である。採掘、石油化学、エネルギー、重工業、機械工業、航空宇宙、軍需など、あらゆる産業に進出している。競合相手の三井、芙蓉

(旧安田)、住友も互角にわたりあっている。METI（経済産業省）をはじめとする主要省庁とのコネも多く、こうした大企業グループの資本は、国を代表する企業を倒産から救ったり、外国企業に買収されるのを防いだりするときに役立てられる。三洋電機を引きとったパナソニック、スズキと業務提携を結んだトヨタ、富士通のセミコンダクター部門を支えたソニー、それを統括した三井グループの例がある。しかし、この救済機能がすべての場合に働くとはかぎらず、シャープは台湾の鴻海（ホンハイ）グループに買収され、三菱自動車はルノー・日産グループの傘下となり、三井系の東芝は不正会計が発覚したのち会社分割により分社化し、アメリカの原発建設会社の買収により巨額損失が発生した。

臨海部開発

　日本の沿岸地帯の開発は、河口付近のデルタ地帯を利用した、高い港湾土木技術によって進められてきた。埋め立てられた土地は農地として利用されるだけでなく、早くから商業地や港が建設された。臨海部開発は工業の発展と臨海工業地帯によって拡大し、今日では都市化された沿岸地帯のほぼ全域にわたって整備されている。

広島

　広島湾の発展は日本の臨海部開発・整備のさまざまな段階を典型的に示している。この地域は古くから、博多と大阪湾をむすぶ日本の幹線道である山陽道沿いに港が発達した。太田川の河口デルタが大きく開発されたのは15世紀からであり、さらに1589年、デルタの頂点にあたる場所に城が築かれた際、現在の地名「広島」となった。広島は当時、山陽道の宿場町で、このあたりの瀬戸内地方の交通の要衝だった。デルタ地帯はくまなく干拓されるか、あるいは市内の河道の浚渫から生じた土砂で埋め立てられた。一般に日本の川は土砂流送が多いため、土砂は十分すぎるほどだった。こうして得られた土地は非常に肥沃で、稲作に利用され、さらに市街地が南へ伸びるとともに都市化された。

　19世紀末、この地域は誕生したばかりの重工業の進出の拠点となった。企業は整備しやすい広大な土地を手にした。まだ日本で歴史の浅かった公共工事の分野では、西洋の技術を積極的にとりいれた。とくに護岸工事ではオランダに学び、臨海部開発に新たな息吹が生まれた。軍事都市広島の新たな用地に、三菱を中心とする軍産複合体がもうけられた。東にはマツダの自動車工場が150ヘクタールにわたる広大な埋め立て地に建てられた。1930年代、広島湾はあちこち埋め立てられ、兵器や軍用機の製造工場が設置された。1945年8月6日、原子爆弾によって広島は破壊され、がれきの山と化した。たびかさなる空襲を受けた東京もそうであったように、除去した残骸は海に沈められ、広島市南部と湾岸地域の埋め立て地がさらに拡大した。用地不足ということもあったが、沿岸地域の開発はこうした時期に勢いを増し、市の中心部の近くに農地、市街地、工業用地を低コストで造成することができた。土地区画整理事業という、えてして長くらちのあかない手続きをへることなく、

17世紀以降の広島湾沿岸の発展

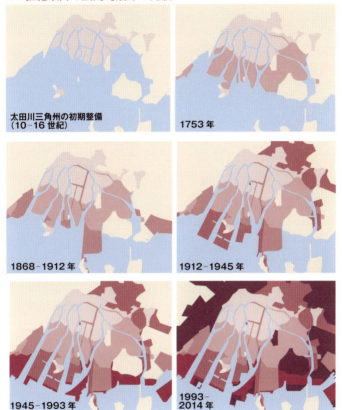

太田川三角州の初期整備
（10-16世紀）

1753年

1868-1912年

1912-1945年

1945-1993年

1993-
2014年

大規模な整備がてっとりばやく行なわれた。

　広島南部の埋立地はいまなお三菱グループをはじめとする企業が大きく支配している。1970年代以降は、西区や佐伯区といった西側地区に大規模な宅地も造成された。とはいえごく最近整備された埋立地は用途がなかなか見つからない。都市の廃棄物から生まれたこうした埋立地は、東京や大阪のような大都市と同じように、緑地に生まれ変わった。

千葉、石油化学の沿岸

　東京湾の東岸は戦後開発された。当時三井グループは、この地に臨海工業地帯を作り、1910年代に東京から横浜にかけて京浜工業地帯を発展させたライバル三菱に対抗しようとした。京葉（東京と千葉）の埋め立て事業によって、湾岸の泥質地は消滅した。三井と千葉県はたがいに互恵関係にあった。千葉県は埋め立ての許可をあたえ、見返りとして整備された土地を手に入れ、大がかりな施設や

沿岸部の工業化——京葉地区の例

宅地を整備した。三井側は土地をほかの企業に転売し、埋め立て工事の資金にした。湾の湿地帯に生息していた動植物以外、皆が利益を得る仕組みだった。

重工業についで、やはり三井の支援によって、同じシステムが東京ディズニーランドや隣接する工業団地の建設にも適用された。千葉県はバブル景気の頃、この方式の開発を復活させ、新興都市幕張を中心とするビジネスセンターを建設しようとした。いまひとつ成功しなかったのは、ビジネス活動と人の流れの東京回

帰が進んだためである。

　今日、千葉は、沿岸60キロ以上にわたり、石油化学工業と鉄鋼業に関連する広大な臨海工業地帯をかかえている。また、この地帯には住人がいなくなり老朽化した住宅も多く、かつての活気を失っている。三番瀬と谷津という二か所の干潟がわずかに残っている。市川市の埋め立て地の沖あいにある三番瀬は第二湾岸道路構想の問題が残り、谷津干潟はラムサール条約登録地となっていながら、海とつながる狭い水路には高架橋がおおいかぶさっている。1950年代から1960年代にかけて沿岸部の埋め立てがはじまった頃、漁業組合は漁業権をめぐって埋め立て反対運動をくりひろげた。いまや彼らは漁業権放棄に対して払われる補償を受けとり、組合員の年金をまかなう方向に傾いている。

　干潟の生物学的重要性が認識されるようになると、埋め立て地近辺に人工干潟をつくる試みが行なわれた。潮見町がそのいい例で、人工的な泥地を潮干狩りの場として市民に開放している。日本最長の人工海浜も整備され、親水ゾーンとなった。しかしながら、侵食が起きるため、砂を定期的に補給しなければならず、さらに、人が流砂に足をとられて沈みこむ危険性があるため遊泳禁止となった。また1980年代、東京湾ではじめて青潮の発生がみられた。酸素濃度が低下した海水の色が青や緑に変化し、魚介類の大量死をひき起こす現象である。

エネルギーのパラドックス

2011年に福島の原発事故が起きるまで、日本はフランスのあとを追うように、CO_2削減をめざし、エネルギーミックス（電源構成）の原子力比率を50パーセントまで上げる見通しだった。すでに54基というかなり多くの原子炉を保有し、石油ショック以降は省エネとエネルギー効率の向上に努めてきたにもかかわらず、日本の化石燃料への依存度はまったく低下していない。

福島モデル

18もの原子力発電所を有する日本は原発大国といえる。沖縄を除けば、各電力会社は原発を保有しており、2011年までは発電量の7パーセント（中国電力）から40パーセント（関西電力）を供給していた。

日本の原子力発電事業は1955年、アメリカの「アトムス・フォー・ピース」（原子力の平和利用）計画にしたがって発足した。日本の原発は、原子力利用の平和的で有益な側面として国民に提示されたので、当初は石油ショックへの対策として推進されたわけではなかった。二度にわたって原子爆弾を投下され、傷跡も生々しい日本で、原発はすんなりと定着したわけではなく、さまざまな原発推進活動が行なわれた。ウランちゃんという妹をもつ『鉄腕アトム』のマンガは1950年代に登場したが、民間部門での原子力利用が国民に受け入れられつつあったことをはからずも端的に示している。福島県は1960年すでに日本初の原発建設地として名のりを上げ、常磐炭鉱の衰退に対する打開策を打ち出そうとした。1966年、最初の試験的原子炉が「日本のカダラッシュ（フランス南部にある国際熱核融合実験炉の建設地）」というべき東海村で稼働し、1971年、福島第一原発（イチエフ）が営業運転を開始した。最初の4基の原子炉は日立と東芝が、当初の計画を立てたアメリカのゼネラル・エレクトリックの指導で建設した。この最初の原発は、日本の沿岸部にその後次々と建設された原発の基本形となった。日本の原発はすべて沿岸部の起伏のふもとの平地に建てられ、土地収用を避けるため、人目につかず米作地から離れたところが選ばれている。原子炉設置のため丘陵の一部を掘削し、整地工事を行ない、燃料調達に必要な港湾を建設した。日本には大河がなく、冷却水をつねに確保するに

エネルギーのパラドックス

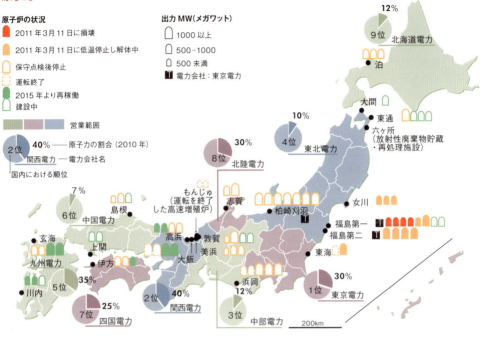

は海水をもちいるしかないことから、原発は沿岸部に集中している。

こうした経済の遅滞した地域で、原発建設の同意を得るため、電力会社は電気料金の割引、公共施設やインフラ整備の補助金から近隣住民への寄付金にいたるまで、多額の補償を行なった。地方自治体は、原発建設によって得られる利益を独占するため、周辺の自治体との合併をこばみつづけ、恩恵を分かちあおうとしなかった。その代償として、東京電力をはじめ、電力会社は原発を一定の地区に集中させた。福島第一原発と第二原発では半径15キロメートル以内に10基、新潟の柏崎刈羽原発には7基もの原子炉がある。

原発が設置されたおかげで村は過疎化することなく、人口が安定した。原発によって雇用が創出されただけでなく、光熱費の優遇措置があることにより、工業団地もできた。とはいえそれも事故がおきるまでのことだった。2007年の新潟県中越沖地震により柏崎刈羽原発で放射性物質の微量なもれが確認され、周辺の企業の多くが撤退する事態となった。福島第一原発の場合、放射能汚染にくわえ、地元経済の崩壊が起きた。

原発停止

1973年と1978年に石油ショックが起きると、石油依存からの脱却をねらいとする経済政策や省エネ政策が実施された。MITI（通商産業省）［のちに経済産業省に移行］が主導したこうした計画は、技術面ではかなり成功した。1980年代以降、日本は省エネにかけては世界最高の水準を誇っている。2015年、日本の産業界で必要とするエネルギーは、GDP（国内総生産）1ポイントあたりドイツの2分の1、アメリカの4分の1である。

しかしながらこのエネルギー源多様化政策は、現実的には失敗だった。石油の比率がもっとも高いことに変わりはなく、量はむしろ着実に増えている。2016年には化石燃料が一次エネルギー国内供給量の90パーセントを占めている。原子力は1998年に13.6パーセントまで増加したのち、徐々に減少して2012年には0パーセントになった。狭い国土に原発が密集しているのに、エネルギーミックスは化石燃料依存度が高いというのが日本のエネルギーの矛盾である。結局、石油ショック後の日本で起きたエネルギー構成の変化のうちでもっともいちじるしいのは天然ガスの供給量であり、2011年3月11日の震災後さらにその傾向は強まった。そもそも福島第一原発事故の場合は人災といえるものであり、計画停電をふくむその後の電力危機も、日本では東西で電源周波数が異なるので、西日本から東日本へ大量の電力を融通することは不可能であることに大きな原因があった。火力発電所が新たに開設されると、エネルギー問題はまず経済問題と

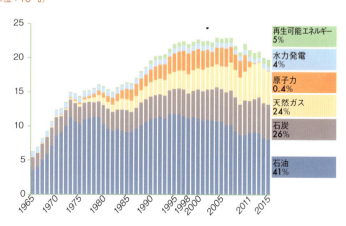

一次エネルギー国内供給の推移（1965-2015年）
（単位：10^{18}J）

再生可能エネルギー 5%
水力発電 4%
原子力 0.4%
天然ガス 24%
石炭 26%
石油 41%

なる。化石燃料の輸入の増加が貿易収支に影響し、生産コストを引き上げるからである。

　原発は閉鎖があいつぎ、稼働中の原子炉は5基に減った。この5基は、2011年の震災後に設けられた原子力規制委員会が承認した、本事故後の規制基準を満たしている。川内（九州）原発は最初に再稼働を開始した。この原発には新しい排水ポンプ、非常用ディーゼル発電機、高さ15メートルの二重防護壁が設けられており、海抜13メートルの敷地高さがある。薩摩川内市長は周辺自治体の反対を押しきり、再稼働に合意したが、こうした再稼働は例外的である。規制基準適合に膨大な費用がかかることや、再稼働にかんする不確定要素が多いことから、廃炉の報告が後を絶たない。実際、最終的に運転開始の可否について決断をするのは知事である。断固として異を唱える知事もいるが、賛成するにせよ反対するにせよ、市町村長の意向を尊重し緊張関係になるのをさける。

　日本の原発問題はこれでおさまったわけではない。3・11の大惨事は、損壊した福島第一原発の原子炉4基の膨大な処理作業を残しただけではない。ほかにも、地震の際に低温停止し、数十年後には廃炉となっているであろう原子炉が10基もある。

再生可能エネルギーの発展

日本では東日本大震災をきっかけとして、再生可能エネルギーへの関心が大きく高まった。国としては日本の技術力の威信をかけ、福島県としては原発依存から脱却するため、さらに地方としては災害時の電力自給手段を確保し地元の魅力を高めるため、さまざまなレベルで開発が進んでいる。

日本の再生可能エネルギーの展開

MITI（通商産業省）[のちに経済産業省に移行]は、省エネの推進、新たなエネルギー関連産業の振興、さらにこの部門の市場拡大を期し、企業や家庭における装備の奨励を目的として、「サンシャイン計画」（1974年）、「ムーンライト計画」（1978年）、「ニューサンシャイン計画」（1993年）を立てた。ソーラーエネルギーはこうした投資の大部分を占め、ソーラー温水器やソーラーパネルなど、1990年代初めにおきた再生可能エネルギーブームのはしりとなった。

再生可能エネルギーの第二のブームは2010年で、2009年から余剰電力買取制度が実施されたことによる。当時は太陽光発電のみが対象であり、買取価格は一定していた。当初、この措置が追い風となり、ソーラーパネルでは京セラ、三菱、東芝、太陽電池モジュールではパナソニックといった日本の関連企業が躍進した。3・11震災後、買取制度の対象は、風力、バイオマス、地熱、中小水力といったほかの再生可能エネルギー源まで拡大された。

とはいえ、この政策はとん挫した。設置コストの値下がりが予測されたことから多くの計画が宙に浮いた。需要に追いつくため輸入され、国内メーカー品より安価なソーラーパネルの値上がりも懸念材料だった。2017年、太陽光発電の買取価格が半額になったことにより、巨大ソーラーファームの計画の多くは中止になった。しかしながら、やはり太陽光発電には多くの利点がある。地元の苦情が多い風力発電よりも導入しやすく、狭い面積でもすぐに設置することができる。高速道路沿いや、工場地帯の屋根や荒れたままの休耕田を有効活用できる。とはいうものの、2000年から2016年にかけて太陽光発電量が40倍に増え、景観問題をひき起こすくらいに普及したにもかかわらず、2015年、太陽エネルギーが再生可能エネルギー全体に占める割合は

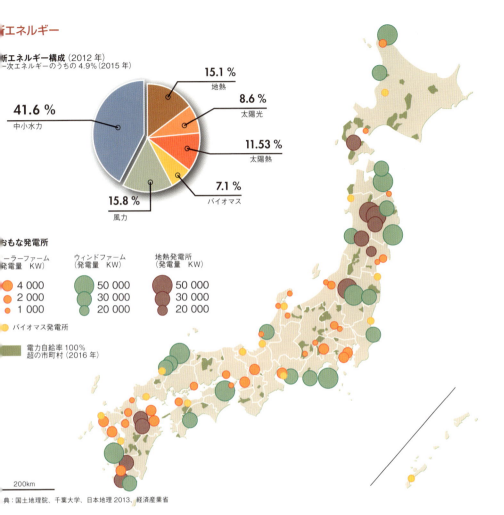

15パーセントにすぎない。それに対し中小水力は40パーセントである。

農村地帯の活路

再生可能エネルギーはとくに農村地帯において圧倒的に支持されている。2016年、111の地方自治体がエネルギー自給率100パーセント超を達成した。過疎がたびたびとりざたされるこうした市町村では、人口が1万人を超えることはまれであり、さびれた土地を有効活用し、地域の魅力を打ちだすことが必要となる。とはいえ、これら市町村のほとんどは、固定価格買取制度にすっかり組みこまれている。生産された電力はすべて地域の電力会社が買いとり、消費者は地元で生

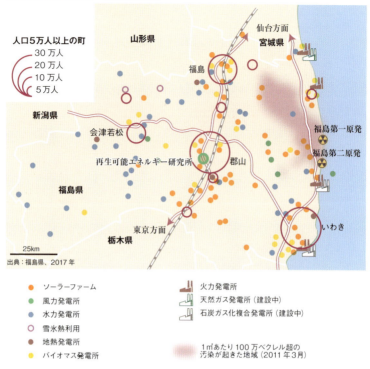

福島県のエネルギー供給の移行

産された電力とは関係なく、料金の割引もなしに電力会社からの供給を受ける。東北地方の津波による損害を受けた町の再生計画にはかならず再生可能エネルギーの生産が盛りこまれている。宅地化対象外区域の空き地を有効活用するだけでなく、中央ネットワークから独立した生産手段を確保し、大災害時に住民を救うことを想定したものである。

福島県の特殊例

福島県の状況は変わった。2012年、原発を廃止し、再生可能エネルギーを推進して2040年には福島県のエネルギー需要量を100パーセントまかなうことが決定したのである。この壮大な計画は、東日本大震災と放射能汚染の影をせおった福島のイメージを改善するねらいもあった。政府は郡山に福島再生可能エネルギー研究所を設立した。それをテコに、一地域の全資源を活用し、エネルギーの総合的移行モデルとして再生可能

エネルギー推進のさきがけとするもくろみだった。巨大なソーラーファームが福島の低地だけでなく原発事故で汚染された田畑にも整然と設置され、稲のかわりに太陽光パネルが立ちならんでいるが、依然として水力発電の割合が高い。

　火山活動が活発なわりにはわきに追いやられてきた地熱発電は、あらためてテコ入れされている。バイオマスや雪氷熱利用も見なおされており、冬季に降った雪は貯蔵されて夏の冷房に役立てられる。

　この政策によって、2016年に福島県で消費されたエネルギーの24パーセントを再生可能エネルギーがしめた。しかし福島県のエネルギー総生産となると話は別だ。再生可能エネルギーが推進されるいっぽう、太平洋岸には東京電力の火力発電所があいかわらずいくつも存在し、東京を中心とする大都市圏に電力を供給しているのだ。石油を主燃料とする発電所が4か所、石炭を主燃料としてコンバインドサイクル発電を導入した発電所が2か所、液化天然ガスを主燃料とする発電所が1か所（建設中）あり、県内で生産されるエネルギーの90パーセントをしめている。

汚染列島

日本の工業化は初期から深刻な汚染をまねいた。その具体的な影響が戦後まもなく明るみにでた。民主化された日本社会で、公害問題がメディアにとりあげられ、裁判に発展した。しかし、当時は産業の発展が最優先され、1955年から1973年にかけての高度経済成長のさなかに公害問題はほとんど波紋を広げなかった。

環境破壊

日本社会は、産業発展によって自然環境を激変させ、破壊することすらあることを予測していなかった。製塩業のための森林伐採、風景を変化にとぼしくする水田稲作、河川の流路変更、沿岸部の開発…。慣例的に行なわれていたことが工業によってより迅速に徹底して行なわれるようになった。

20世紀の深刻な産業公害のほとんどは1910年代にはじまった。もっとも重大な公害病である「水俣病」（熊本県）は、1956年に患者発生があきらかになり、チッソの工場から海に排出されたメチル水銀が原因とされた。1700人以上の死者が水俣病によるものとして公認され、裁判の決着がようやくついたのは2004年であった。同様の汚染が1965年に阿賀野川（新潟県）で認められた（「第二水俣病」）。昭和電工の工場から流された水銀によるものだった。富山では神通川が、三井金属鉱業神岡鉱山から排出されたカドミウムに汚染された。1912年から中毒患者が認められ、その激痛から名づけられたイタイイタイ病の原因だった。石油コンビナートから排出された硫黄酸化物による呼吸器疾患の四日市ぜんそくとともに、「20世紀の4大公害病」とよばれている。

同時に、大気汚染物質のスモッグが都市の中心部で発生した。運河や港の水は異臭を放った。瀬戸内海や工業化された湾からとれる魚からもいやな臭いがした。瀬戸内海では、化学物質による汚染が富栄養化をまねき、赤潮とよばれる現象が起きている。

コンクリートがあらゆる場所をおおいつくし、沿岸地帯は防波堤でかためられ、おびただしい数のテトラポッドが設置されている。コンクリートによる護岸工事は、もはや日本の海岸につきものの光景だ。

年々高まる住民団体の要請におうじて環境庁が1971年に新設された。新たな

放射能汚染が起きた地域

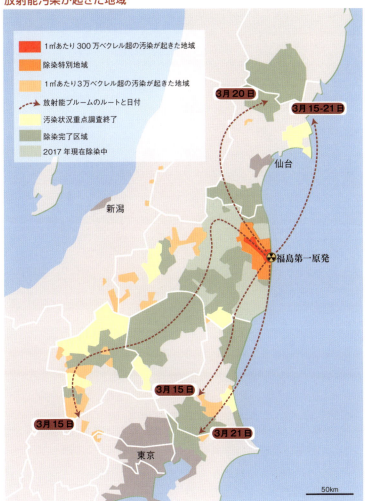

環境基準や法律が設定され、日照権や入浜権が承認された。

1980年代から全体的に改善がみられるようになったが、それももっとも汚染の要因となった企業が都市から分散し、さらに国外への進出がさかんになったことが大きい。進出先の大部分はいまや中国である。しかし2000年代から、冬になると、中国の工業地帯の大気汚染が日本に影響をおよぼすようになった…。

港湾の水質もあきらかな改善がみられる。海底の泥には重金属やプラスチック

2011年3月11日以前の環境破壊

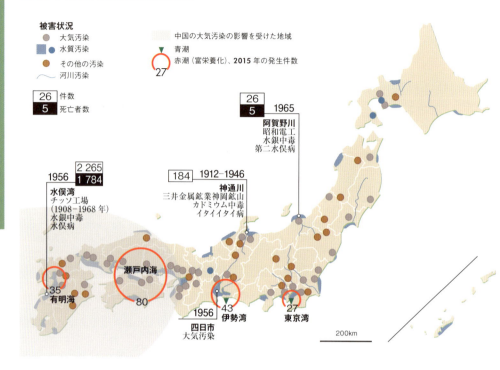

の微粒子が大量にふくまれているから、表面的な変化にすぎないかもしれないが。青潮のように、海水の酸素濃度低下がもたらした新たな生態系破壊現象も発生している。

福島の災害の影響

2011年3月11日から14日にかけて起きた福島第一原発の3基の原子炉爆発は、総量ではチェルノブイリ原発事故の10分の1とみられる放射能もれをもたらした。風で運ばれた放射性プルームは、福島の人口が密集した低地や東京の北東にあたる野菜栽培のさかんな地域をふくむ、日本国土の7パーセント近い地域を汚染した。

放射性物質には半減期は短いが健康への影響の大きいものもあり、数週間でなくなるヨウ素131はそのひとつだ。それに対し、セシウムはほぼ完全に放射能をもたなくなるまで20年（セシウム134）から300年（セシウム137）かかり、周辺環境に残留する。大がかりな除染作業が開始され、田畑や住宅地、一部の森林

の除染が試みられた。作業はおもに土壌を削りとることについやされ、汚染された土は原発周辺に保管された。

　この放射能汚染はすぐに害をおよぼすものではないが、起伏の多い森林には依然として残っている。除染された土壌でも降雨によりふたたび汚染されることになる。空間放射線量が基準値の10倍から20倍に達するほどのホットスポットではさらに汚染が濃縮する。また「スーパーホットスポット」も存在し、原発から50キロも離れた、表向きは除染された市町村でも、周辺の平均の1500倍の濃度に達することがある。痛みをおこさず、目に見えず、においもない放射性物質の存在は忘れられやすい。不都合なこととしてもみ消される可能性も大いにある。放射能汚染の起きた地域で生活するには、原子力の危険について正しい知識をえる必要がある。しかし6年たったいま、もっとも汚染された地域の住民でさえ、事故のあとに身につけた防御反応を忘れようとしている。とくに農村地帯では徐々に以前の生活にもどっている。そしてチェルノブイリと同様に、再汚染が確認されている。

2011年3月11日
——惨事の連鎖

東日本大震災は観測史上最大の地震のひとつであった。しかしながら地震そのものによる被害はそれほど大きくなく、日本の町の耐震性を裏づけた。ところがその後の津波によって日本の東北太平洋岸は、巨大な防波堤が築かれていたにもかかわらず甚大な被害を受けた。しかもこれらの防波堤が破壊されるや、町全体が濁流にのみこまれた。

2011年3月11日の被害

原子力発電所
津波の高さ（メートル）
5　10　10以上

（震災関連死をふくむ）
死者　2万1613人
重傷者　6219人
避難者　34万人（2011年3月）
移転者　8万2000人（2017年）

2011年3月11日
14時46分　震源地

八戸
宮古
岩手県　5797
気仙沼
宮城県　10778
石巻
女川
仙台
福島県　1810
福島第一原発
福島第二原発
いわき
日立
東海村
茨城県
千葉県
首都圏

市町村、行政区分別
死者・行方不明者数
10　100　500　1000

1810　県別死者・行方不明者数

沿岸部の都市人口
2010年（単位：1000人）
300　200　100　50以下

100km

3月11日に起きた津波は、低地に築かれ、海を埋め立てた沿岸部の町や、逃げ場となる高台から遠い平野部に壊滅的な被害をあたえた。その復興はあらゆる沿岸部でくりかえし用いられてきたモデルにしたがって行なわれた。防潮堤の高さを8メートルから14.7メートルに上げ、山を切りくずした土で、沿岸部の低地を海抜10メートルの高さまで上げた。こうして津波の被害を受けた地区の住民を高台移転させた。田老町などの漁港では、港のインフラ設備が整い、経済活動がよみがえった。

しかし、こうした方策がない町では経済組織の復活が難航し、地域を離れた被災者は戻ってこない。

地震と津波に襲われた13基の原子炉のうち、東京電力の制御がきかなくなったのは、福島第一原発でもっとも老朽化のすすんだ原子炉だった。津波は同社が改善を怠っていた弱点をさらけ出した。堤防や排水ポンプの寸法見積もりが甘かったことや、非常用ディーゼル発電機が地下にあったため浸水したことだけでなく、重大事故発生時にそなえたスタッフの訓練がまったく不足していたことまでが明らかになった。農地の土壌や住宅の除染作業が懸命に続けられているものの、福島の災害は終わらない。

受け入れを快諾した数少ない自治体に散在する仮設住宅に避難した人々は、退屈とおちつかなさのなかで暮らしている。震災後の死亡率は3月11日のそれを超えた。当局は除染によって住民の復帰をうながす努力を重ねたが、廃墟となった町に帰るための条件はなかなかそろわない。経済活動といえば原発の作業以外にないからである。

住民の復帰をうながすことの裏には別

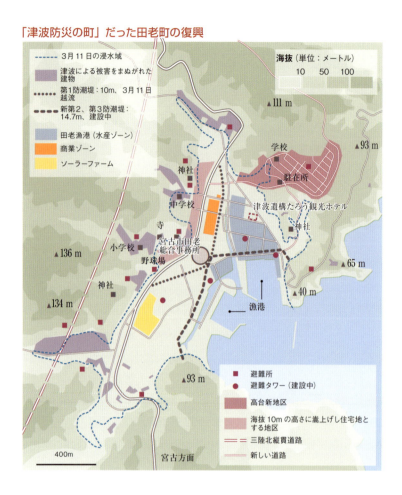

の意図もある。原発事故という惨事はのりこえられると証明し、ほかの原発周辺の住民に再稼働を受け入れさせようとしているのだ。

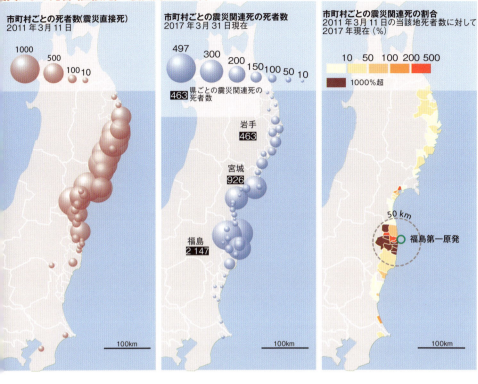

震災による死者（直接死）・震災関連の死者

神社仏閣

日本の宗教問題は、一神教的とらえ方でアプローチするのはむずかしい。神仏混淆の傾向が非常に強いからである。どの宗教あるいは宗派に属するかはあまり意味がない。宗教と信仰はまず、守るべきしきたりや儀式の問題なのだ。寺院や神社には多くの参拝客がつめかけ、社会生活に重要なけじめをつけている。

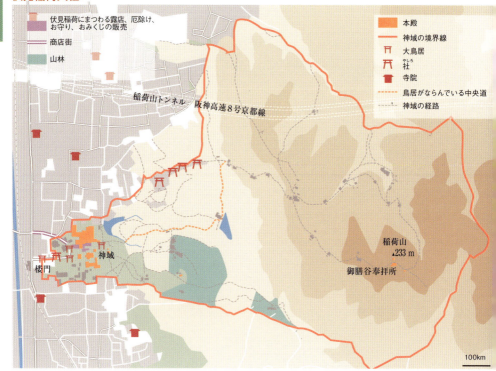

日本では、さまざまな信仰の実践や宗教的しきたりが、互いを排除することなく混じりあっている。一般に、農村の祭事など日常生活の面では神道とのつながりが強く、神聖な場所がいくつか存在し、地域に根ざしている。仏教はむしろ

魂の救済や精神生活にかかわっており、都会での存在感のほうが強い。しかし神道と仏教は同じ敷地内に混在していることが多く、人々はなんの抵抗もなく気づかぬうちに両方を行き来し、特有のしきたりさえ混同している。

伏見稲荷大社（京都）

　歴史のもっとも古い聖なる場所である神社は周囲の自然にとけこみ、低い山のふもとや池に面していたり、特定の動物をまつっていたりする。門のような鳥居は、平地の俗世の領域と、緑の深い小山や島にある神域との結界を示している。711年に建てられた伏見稲荷は、日本全国にちらばる約3万の稲荷神社の総本宮である。これらの五穀豊穣祈願の社には、稲荷大神の使いとされるキツネの薄気味悪い像があちこちに立っている。伏見稲荷の長い参道沿いにもやはりキツネの像がある。駅に面した最初の鳥居をくぐると、山のふもとにある本殿などおもな建物へ続く表参道がのびている。稲荷山全体をつつむ神域の表の顔である。山をのぼり、生い茂る木々のあいだを歩いていくと、神域の気がたちこめてくる。参道沿いには信者から奉納された鳥居がぎっしりならんでいる。伏見稲荷という神域があるにもかかわらず、京都と大阪をむすぶ阪神高速8号京都線のトンネルが稲荷山を貫通している。しかも多大な寄進とひきかえに、キツネと神様は地元のインフラ整備の至上命令にはすんなりしたがっている。どんなに大きな神社でもそうであるように、伏見稲荷も入場無料である。1946年に憲法で政教分離が定められているのに、神社は文化財保護の名目でたっぷりと公的資金援助を受けている。ゆえに、神社による一種の公益事業はだれもが利用できるようになっている。

浅草寺（東京）

　仏教寺院は宗旨も建築様式もさまざまである。日本の寺は中国の影響を受けており、より重厚だが神秘的な感じは神社より薄くなる。浅草寺は、もっとも民衆に近い慈悲の菩薩である観音菩薩をご本尊とする寺である。さまざまな店がならぶ通りに沿っていくと、寺の大きな門の前に出る。お守りやおみくじを売っている。本堂には観音像が安置され、人々がお供え物をしたり祈ったりしている。境内には子宝、学問、縁結びといった祈願を特定している仏堂や付属施設（食堂、書院、寺務所）もある。五重塔は日本ではなんらかのはっきりした機能はないが、見ごたえのある建造物といえる。浅草寺の境内にもやはり神社があり、仏堂よりも早い時期に建立されたものも多い。

浅草寺

観光複合体、清水寺

清水寺（京都）

　清水寺は京都で最古の寺のひとつであり、霊験あらたかな滝を中心として778年に建てられた。現存する建物はもっとも古いもので17世紀にさかのぼる。観音様を祀るこの寺は、そのころから霊水、おみくじ、仏像といった興趣で多くの参拝客を引きよせていた。無謀な人が祈願成就のため飛び降りるという清水の舞台もあった。この寺の物見遊山的な要素は、1994年のユネスコ世界遺産登録によってさらに強くなった。商店街には土産物の露店や舞妓さん体験の店がならんでいる。京都随一の観光名所、清水寺はみごとに総合的な観光事業の一翼をになっているが、それこそ江戸時代から続いている姿なのである。

景勝地と観光

観光という習慣は、巡礼もそのひとつだとすると歴史は古い。神社や寺院だけでなく、美しい眺めで有名な場所は早くから観光名所として数えられていた。今日、自然公園やユネスコの世界遺産がこうした流れの延長線上にある。

名所

万葉集をひもとくと、各地の名所の名前が次々と出てくる。8世紀に編まれたこの和歌集は、見事な日本の景勝をたたえ、国土の一部として位置づけることに役立った。こうした景勝の地は観光地めぐりにしっかり組みこまれ、つねにその時代の人々を惹きつける定番コースとなった。もうひとつは巡礼という側面である。巡礼によって、飲食、宿泊、輸送、土産物販売といった観光収入が地元の経済をうるおし、村や町が発展するきっかけとなった。江戸時代は政治的に安定した時代だったため移動がさかんになり、巡礼用の観光案内が作られた。18世紀に林羅山の息子林鵞峰が厳島神社、天橋立、松島を「三処の奇観」（現在の「日本三景」）と記したように、あらたに登場した名所もあった。青い海に白砂青松というのが日本古来の絶景で、新しい和

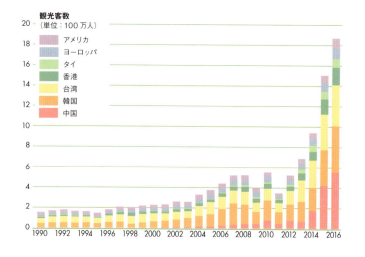

観光地、国土と遺産の活用

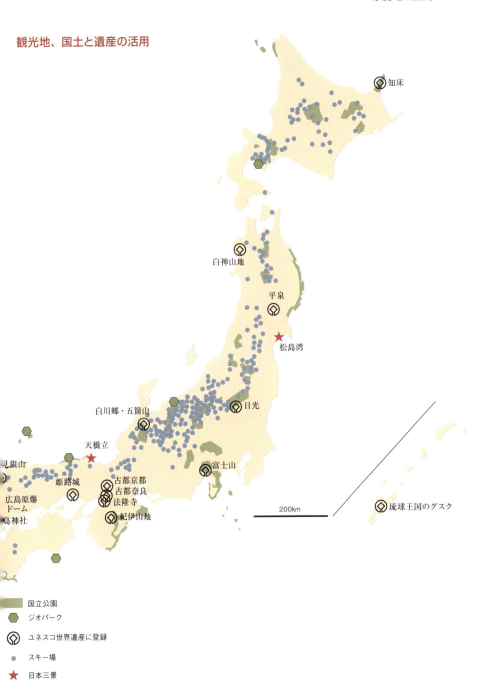

歌集にもさまざまに詠まれた。

こうした津々浦々の観光地は千年以上の歴史をもつところもあり、バスや自動車でまわる時代になっても維持されている。戦後、人々が大挙して出かけるようになると、乱開発もみられ、名高い景勝地に人の手がくわわり、大型ホテル、ゴルフ場、観覧車、交通手段がまわりをとり囲むように設けられた。

火山の多い日本では、景勝地にくわえ、温泉がいたるところにみられる。病気の治療というよりはゆったりくつろぐことを目的とし、おいしい食事も楽しみのひとつであり、温泉地は地方経済を支えている。しかし、この温泉も、スキー、海辺のレジャー、海外旅行という新たな観光スタイルに押されて人気がおとろえつつある。ひなびた土地の場合はとくに、温泉の人気復活は日本らしさを求める外国人観光客の到来を待つしかないようだ。外国人観光客は2003年の500万人から2016年の2400万人に増え、日本人客をしのぐ勢いだ。いちばん多いのは中国人で、経営難の温泉施設を買収し、リニューアルして団体旅行のコースに組みこむ中国人投資家もみられるようになった。

観光の大衆化と客層の変化は摩擦をまねき、とくに京都では、群れをなす観光客がわが物顔にふるまい、このやや小規模な都市でときおり顰蹙をかっている。

遺産の形成

自然環境を後世に残す取り組みがはじまったのは、名勝地の景観保護が制度化された1920年から1930年にかけてであった。やがて国立公園が指定された。宮内庁が管理する土地もふくまれており、景観の保全には適していた。指定されたのは山岳地帯が多かったが、のちには、瀬戸内海、三陸リアス式海岸、最近では北海道の大自然、屋久島の原生林など、経済成長にともなう急激な工業化をまぬがれた地域もくわわった。建造物の「国宝」指定のほか、日本の名所旧跡のユネスコ世界遺産登録によって、保護だけでなく、その土地にいっそうの関心をよぶことになった。こうした措置にくわえ、経済活性化や教育目的で、日本に数ある貴重な地質構造をもつ地域をジオパークネットワークとして認定している。

政党分布

国全体として日本の政治は、自由民主党を中心とする保守的な右派が、戦後からほぼ一貫して動かしていることが特徴である。とはいえさまざまな政党が存在し、西ヨーロッパの民主国家にかなり近い様相を呈している。比例代表制を組みこんだ選挙制度によって野党のほとんどが議席を得ることができている。

右派の支配

1955年に設立された自由民主党には、戦後右派の二つの大きな流れがある。敗戦の現実と、アメリカから押しつけられるリベラルな改革にあらがい、巻き返しをはかろうとする流れと、戦前の日本への回帰よりは経済成長をめざそうとする流れである。しかし、何を優先するかがまず問題だった。経済界や中小企業からの公然たる支援を受けていた自民党の強固な地盤は、じつは地方だった。中小企業は従業員に自民党の甘い公約を吹きこんだ。零細農家は昔からの名士をとおして利益誘導型の支配を受けていたし、小選挙区制は都市部よりも農村部に恩恵が多いことにより、日本の農村部は自民党の得票を大きく左右した。自民党は日本全体で多数派を占めるが、高い得票率をかせいでいるのは地方である。日本でもっとも保守的な地域の、政策支持を示す投票であるだけでなく、地元への援助の期待をこめた投票でもあった。大規模なインフラ整備計画や地元経済補助といった国家予算の再配分という、まさに高度成長期から続く自民党の得意技に対する期待感である。

2012年、2014年、2017年の総選挙は自民党および安倍晋三総裁の圧勝に終わった。もともとタカ派の安倍は1990年代の内部分裂、2009年の辞任といったいきさつにもかかわらずふたたび首相の座についている。自民党の得票数はほとんど伸びていないが、野党の支持者離れと戦後初の高い棄権率に助けられた。

創価学会を支援団体とする公明党と連立を組むことにより、自民党は都市部や関西の大衆層において盤石の票田を確保している。創価学会はこうした地域にしっかり根を下ろしており、左派政党の勢力をそぐ一因になっている。

ポピュリズムの誘惑

自民党が慢性的な不人気におちいった2000年代末、新たなポピュリズムの風潮が生まれた。多くは自民党出身者であったポピュリストたちは、従来のシステムを批判し、自民党との距離をおいた。強固な地方の支持基盤に頼るいっぽ

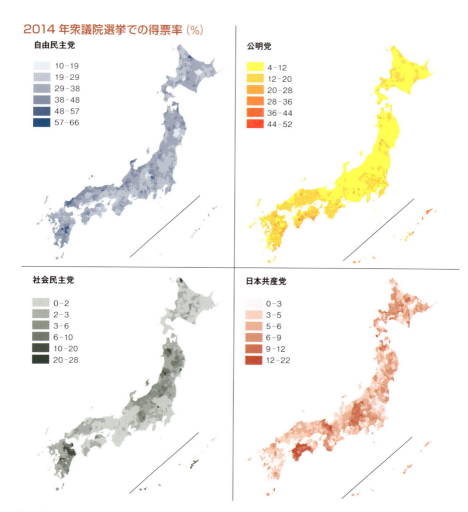

2014年衆議院選挙での得票率 (%)

う、都市部において、ポピュリストは日本維新の会と称して中央集権への不信をあおりたてた。民族差別的、反フェミニズム的言動もみられた。日本維新の会の議員たちは、自民党に対して、経済政策や憲法改正論を支持し、極端に追いつめることはしない。維新の会を旗揚げした橋下徹が大阪市長、さらに大阪府知事となったことは、この党が関西でひじょうに強い支持を得たことを示している。東京でも同様で、右派の重鎮、元知事石原慎太郎が一時期、維新の党を支持した。

手がかりをさぐる左派

2009年に日本の左派勢力は、(社会党政権が短命に終わった) 1948年以来はじめて政権奪取に成功したものの、その後再編をくりかえしている。野党第一党

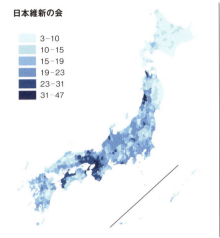
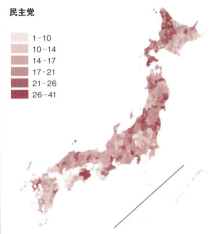

の民主党は、社会民主党と自民党中道派らが集まって設立した。しかしながら、もっとも棄権率の高い都市部の住民をとりこむことはむずかしかった。結局、票田である農村部にしっかり根を下ろした候補者が高い得票率を勝ちとった。民主党は2016年民進党と改称したが、2017年の総選挙を前に、党内の右派が小池百合子ひきいる希望の党と合流し、党は分裂した。東京都知事の小池は安倍晋三と同じく、右派組織「日本会議」に名をつらねているが、リベラルで開かれたイメージをまとうことにみごとに成功した。残る元民主党の左派勢力はすみやかに立憲民主党を結成し、2017年総選挙で躍進した。立憲民主党は、自民党の憲法改正への誘導に対抗して平和憲法擁護を主張し、原発に異を唱えている。脱原発は日本共産党が一貫して主張してきたテーマであり、立憲民主党は共産党との連携に前向きの姿勢を示している。共産党が2015年に天皇制と日米安保条約維持を（限定的に）容認して以来、左派勢力にとって立憲民主党との連携は手段として受け入れられるものとなった。1922年に結成された日本共産党は2000年代から徐々に前進がみられる。共産党は、地方によっては東京と同様に、野党第一党であり、その言説の首尾一貫性によって支持を得ている。1960年代からたもとを分かっていたソ連が崩壊してからもその姿勢はいささかもゆるがない。共産党は京都、工場労働者の多い都市（川崎、北九州）にしっかり根を張った拠点をもつだけでなく、東京近郊（埼玉）や地方の一部（長野、四国）の中産階級の年金生活者にも支持されている。

女性の現況

日本という高齢化父権社会で、女性に対する社会的抑圧は依然として強い。日本女性はユダヤ・キリスト教文明圏のように「原罪」を背負っているわけでもないのだが。男性にくらべて平均寿命が長いため、人口に占める割合は女性のほうが 52 パーセントと多く、とくに農村部でその傾向が強い。しかし若い女性は都会に集中し、出産とともに郊外へ移っていく。

女性たちはどこにいるのか？

日本の農村部は高齢化とともに女性の割合が高くなる傾向にある。しかし、若い女性はおしなべて都会をめざして移住するため、農村地帯では独身男性の結婚難が深刻化している。そのうえ女性たちは農村部に住みつづける気はほとんどない。

こうした若い女性の地方離れは、農村部自体に原因がある。農村部の独身女性という立場は男性、とくに長男に比べてけっして居心地のよいものではないからである。長男は家族でもっとも目をかけて育てられ、公然と特権を手にすることができる。なるべく早く家を出るよう待ち望まれる姉妹とは対照的である。しかし、土地の相続が出世の手段ではなくなった現代、長男の地位は、その妻として専業主婦に甘んじるだけの魅力をもたなくなった。地元に残った男たちより高い教育を受けた若い女性たちは、都会で家庭を築き、夫の両親などによる重圧をあまり感じなくてすみ、活躍の機会をより多くあたえられている。

好まれない女の子、若い世代への非難

韓国や中国と異なり、日本では、出生前のエコー検査で女児と判定されれば中絶するといった現象は起きなかった。人々の意識が進んでいたので、先進技術をこうした目的にもちいることはなかったのだが、1966年の例が示すように、迷信にたいする心理的反応はあった。中国の影響の強いアジアでは、この年に生まれた女の子は丙午(ひのえうま)とよばれ、将来、夫の命を縮めるといわれた。この時代の日本は、多産少死型から少産少死型への人口転換がすすみ、子どもの数は少なくなり、そのぶん親が手をかけるようになった。とくに男子は家を継ぎ、親の老後の面倒を見るものとして投資された。女子

25歳から39歳までの女性と晩産化

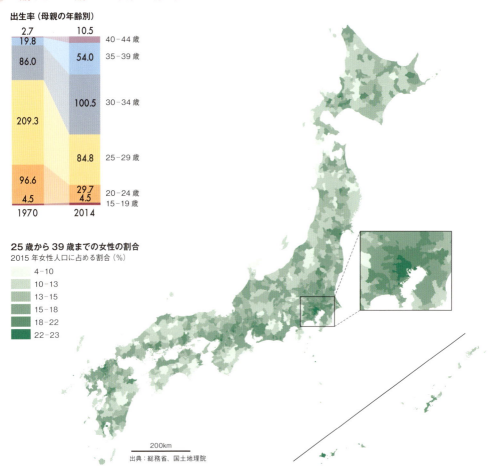

は若いうちに幸せな結婚をするものとされ、家を出ていくようせっつかれた。1966年生まれの女の子をもってはたいへんと、人々は子作りをひかえた。1966年、出生率は2.14から1.58と劇的に下がり、1967年にもちなおした。しかも悪いことに、1966年は乳児死亡率も前年の1.04倍に増加し、1967年にふたたび減少した。アンケート調査を見るかぎり、男の子を好む傾向は、若い世代の親にはそれほど強くなくなった。しかし日本という高齢化社会ではいまなお男児誕生が歓迎され、女性は良妻賢母となるべきだという考え方は多くの人々の頭にしみついている。この潜在的な意識は若い世代に対する非難につながる。1990年

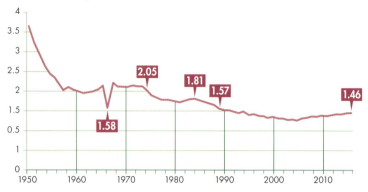

合計特殊出生率（15-49歳までの女性の年齢別出生率を合計したもの）
1950-2016年

に出生率低下が国家的問題になってから、その原因は「パラサイトシングル」を謳歌するような女性にあるとされてきた。社会学者の山田昌弘が広めたこの見解では、生産年齢に達した独身の若い女性が個人的な快楽主義にはしり、結婚すなわち出産をこばみ、親に寄生するかのようにだらだらと依存している、という。公共政策とおなじく、こうした言説は、日本人女性にとって母となる運命が具体的にどのような意味をもつかについてまったく言及していない。父親となった夫は思うように育児に参加できず、女性は自身の仕事を続けることをあきらめ、平均1歳までは母乳で育て、そのかたわら家事や家族の心配事や子どもの教育を一手に引きうけ、夫の両親からたびたび過度な干渉を受けながら、老後はそ

乳児死亡率　1955-1975年

出生1000人に対する1歳未満の乳児の死亡数

1966年は前年の1.04倍の増加

の介護までしなければならないのである。

　とはいえ、日本の女性は父親や夫への服従一色の生活を送っているわけではない。社会的抑圧はうけているものの、精神的にはそれほど押さえつけられているわけでもない。女性たちがごくふつうに、社会的役割とは関係なくいろいろ楽しむことは容認されている。女性同士の外出や娯楽、趣味のサークルやボランティア活動での能力の発揮、服装の自由は許されているし、いつどこへ行くのも可能であり、公の場で酔っぱらったりホスト遊びをしたりさえ自由である。交通機関で受けるハラスメントの問題は深刻である。1980年代以降、電車における痴漢防止キャンペーンが大々的に行なわれた。あの手この手の対策がとられたが、追いつかなくなり、ラッシュアワーの女性専用車両が設けられた。男女差別ではなく、別々の空間をつくること、すなわち女性が自由に移動できるための措置である。

21世紀日本の貧困

戦後の高度経済成長をとおして、日本は、目立った格差のない均質な1億総中流社会であり、年功序列による一時的な違いしか存在しないという認識が一般的になった。1990年代の不況は厳しい現実をつきつけ、新たな不安定な雇用形態が生まれ、短時間雇用や有期雇用が増加した。

新たな貧困形態

もともと日本に不安定な雇用形態は少なからずあった。企業の過酷な労働条件、大企業の年功序列制からの脱落者を吸いあげる下請け会社の役割については、鎌田慧をはじめとするライターたちが1970年代から執筆してきた。しかしながらバブル崩壊と経済不況は新たな貧困形態を生みだした。

不動産価格が暴落し、遠い郊外に買った土地が価値を失い、多額の借金をかかえる家庭が続出した。大企業ではリストラの波がおしよせ、大量の解雇計画が立てられた。さらに、小泉内閣（2001～2006年）による規制緩和により労働市場は大きく変化した。終身雇用とそれにともなう権益を手放そうとしない人々がいるいっぽう、非正規雇用者が急増し、2016年には労働人口の40パーセント近くまで達した。立場も弱く、低賃金で働

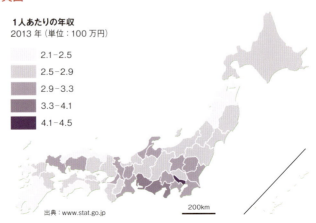

貧困

1人あたりの年収
2013年（単位：100万円）
- 2.1–2.5
- 2.5–2.9
- 2.9–3.3
- 3.3–4.1
- 4.1–4.5

出典：www.stat.go.jp

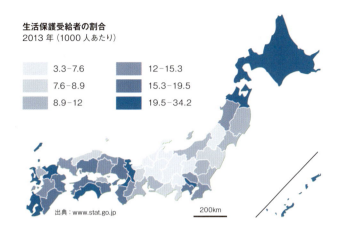

生活保護受給者の割合
2013年（1000人あたり）
- 3.3–7.6
- 7.6–8.9
- 8.9–12
- 12–15.3
- 15.3–19.5
- 19.5–34.2

出典：www.stat.go.jp

く非正規雇用者は若年層や女性に多く、定年退職後の再就職者の割合も増えている。いくつか仕事をかけもちしていることも多く、労働時間が長い彼らはワーキングプアなる新しい階級をなしている。とはいえ日本の失業率はもっとも低いレベルの3パーセント未満であるが、低収入の仕事がほとんどで、賃金はなかなか上がらない。最貧困層の大半は、資格も定職もない若者である。彼らは大都市圏に集中しており、消費社会の片すみで生きのびている。住所不定で深夜労働についている彼らは時間払いのホテルに泊まり、24時間営業のコンビニで食料を調達し、社会扶助に頼ることもめったにしない。

失業率の推移
2006–2016年（%）

出典：厚生労働省

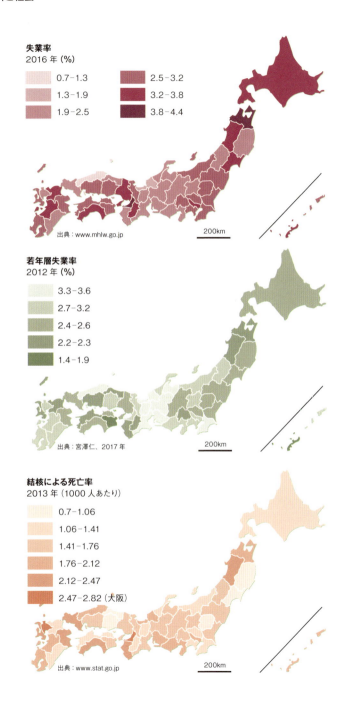

失業率
2016年 (%)
- 0.7-1.3
- 1.3-1.9
- 1.9-2.5
- 2.5-3.2
- 3.2-3.8
- 3.8-4.4

出典：www.mhlw.go.jp

若年層失業率
2012年 (%)
- 3.3-3.6
- 2.7-3.2
- 2.4-2.6
- 2.2-2.3
- 1.4-1.9

出典：宮澤仁、2017年

結核による死亡率
2013年（1000人あたり）
- 0.7-1.06
- 1.06-1.41
- 1.41-1.76
- 1.76-2.12
- 2.12-2.47
- 2.47-2.82（大阪）

出典：www.stat.go.jp

日雇い労働者とホームレス

　大阪の釜ヶ崎や東京の山谷など、日雇い労働者が集まる「寄せ場」とよばれる地区は戦後から存在している。暴力団による搾取が横行するこれらの地区に移り住むことは、社会から疎外される過程の第一歩である。バブル期は多くの人手が建設業に駆り出され、「中産階級化」したものの、不況になるや日雇い労働者がつぎつぎ路頭に迷い、ホームレスになった。労働者が高齢化し現場で働く体力がなくなってくると、事態はさらに深刻である。東京では、福島の除染と解体作業、2020年の東京オリンピックがあるため日雇い労働の需要はまだ続く。しかし大阪にはそれほど大きな労働需要はなく、釜ヶ崎は、一人あたりの所得が世界でもっとも高い部類に入るこの国の、隠れた顔といえる。

外国人

日本の在留外国人は長いあいだ、二つの大きなカテゴリーに分かれていた。併合時代に渡航した韓国・朝鮮人や台湾人の子孫と、欧米人（多くはアメリカ人）の2グループである。さらに人数的には少ないがさまざまな国籍の留学生もいる。この構成は1990年代に南米からの流入によって大きく変わり、さらにいまや中国人の存在感が圧倒的である。

併合時代のなごり

1945年に日本が降伏し、第二次世界大戦が終結したのちも、一部の在日韓国・朝鮮人や中国人は残留することを選んだ。彼らは長期在留資格を取得していても、滞在の名目を定期的に更新しなければならなかった。日本の当局は帰化を奨励したが、氏名を日本式に変更するようしばしば指導したことにより、申請に二の足を踏む者が多かった。

当時、韓国・朝鮮人はこうした在日外国人の大半をしめ、1991年には68万人もいた。以降、日本人との混血や高齢化により在日韓国・朝鮮人の人口は減少した。2006年には50万人に減り、中国人のほうが多くなった。日中平和友好条約が締結された1978年以降、日本企業が労働力不足の解決策として、とくに中国人労働者をあらたに多く受け入れるようになった。1984年以降、留学の名目での就労許可件数が増加するにつれ、中国人の渡日も加速した。日本語学校が次々と開校し、留学生に偽装してきた移民労働者を受け入れた。こうした流入者は年々増え、2009年にはピークに達し、正規の在日中国人は70万人を数え、さらに多数の不法労働者がいた。遅い時期に渡日した人々ほど技能にとぼしく、中国東北の貧しい地方の出身者が多い。サービス業や工場労働だけでなく漁業や農業に従事する者もいる。地方では、地元の女性が少ないため中国人女性と結婚するケースも増えている。

2000年代末、就労移民があらたに形を変えて拡大した。おもに中国人、ベトナム人、フィリピン人の外国人「実習生」という身分である。表向きは開発援助政策にもりこまれた職業訓練（技能実習あるいは研修）という名目で来た実習生たちは、多くが女性であり、農村地帯で雇われた。低賃金で農業や漁業の単純作業をうけおい、奴隷のような労働条件で働

在日外国人

市町村別外国人人口の割合
2016年（1000人あたり）
1人未満

143人以上

福島県の避難区域

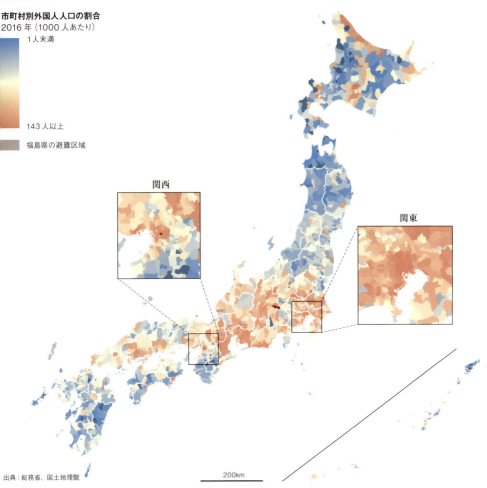

関西

関東

200km

出典：総務省、国土地理院

く者もいた。

人種的選択の失敗

　出生率低下に歯止めをかけるため、1990年代初め、指導者層と高級官僚は、20世紀初頭に南米に移住した日系人の帰国を奨励する計画を立てた。根拠のあやしい日本の人種的均質性を維持しながら少子化問題の解決をはかろうとする試みだった。就労滞在の資格は日系三世まで広げてあたえられた。よばれたのは、日本人社会が好意的な評価を得ているブラジルやペルーがほとんどだった。来日した彼らを待ちうけていたのは環境の激

外国人実習生の雇用

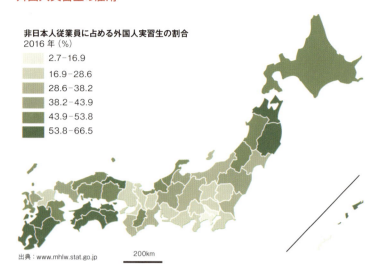

非日本人従業員に占める外国人実習生の割合
2016年（%）
- 2.7–16.9
- 16.9–28.6
- 28.6–38.2
- 38.2–43.9
- 43.9–53.8
- 53.8–66.5

出典：www.mhlw.stat.go.jp　200km

変だった。工場で単純労働につき、中京工業地帯、京浜工業地帯、関東周辺の工業地域を中心に配属されたところまでは予定どおりだった。しかしほとんど日本語を話せない者もいるし、読める者などわずかであり、書けるとなるとさらにまれだった。彼らは、日本となんの縁もない配偶者や、書類を偽造して入国した者もいっしょにつれてきた。日本式よりも南米式の生活習慣が身についた彼らはなかなかなじめなかった。子どもたちはとくにハンディを背負っていた。教育レベルが日本とかけ離れていたため、移民の若年層のあいだで犯罪が多発するようになり、ますます社会への同化がむずかしくなった。すぐに日本社会に根を下ろした韓国・朝鮮人、中国人、フィリピン人、ベトナム人といったアジア系移民に比べると、その差は大きかった。日本の作法と母国の文化との違いは南米系よりアジア系のほうがはるかに小さかったからである。そこで日本の当局は「日系人」の

国籍別割合

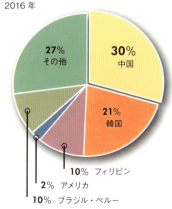

外国人居住者　230万7388人
2016年

- 30% 中国
- 21% 韓国
- 10% フィリピン
- 2% アメリカ
- 10% ブラジル・ペルー
- 27% その他

南米帰還を後押しするとして経済的に支援するようになった。

　日系人たちというめずらしい存在がもたらしたのはネガティブな影響だけではなかった。こうした南米人たちが住み着いた農村では、いつになく活気が生まれ、エキゾティックな雰囲気に誘われてサンバ・フェスティバルなどが開かれ、町が有名になったりした。在日外国人らの諮問会議という形で地元の政治への参加組織をつくったところもある。地方であろうと日本社会はおおらかであり、思われている以上に多様性の受け容れが可能であることがわかる。

自殺——日本病？

日本、と聞けば自殺を連想する外国人は今でもかなり多い。儀式のような武士の切腹、太平洋戦争時のやみくもな体あたり攻撃というかたよったイメージ、世間の耳目を集めた1971年の三島由紀夫の自殺はその代表例だ。とはいえ日本の自殺率は、2003年の10万人あたり27人をピークに、工業国としては平均的である。ロシアやその他の旧ソヴィエト連邦構成共和国などは70人に達している。

2003年にピークの3万4000件に達すると、自殺は国家的な案件となった。自殺をはかりやすい場所を柵で囲ったり青い光をあてたりするなど、実際的な防止策がとられた。とはいえ自殺率は2009年以降目にみえて低下し、2016年には10万人あたり18人、自殺者合計は2万1800人となった。

人口全体にみられる特徴

ほかの国と同じく、日本でも自殺はまず高齢化と関係があるが、男女差もいくらか見受けられる。男性の場合、定年前後の55歳から65歳のあいだにゆるやかなピークがみられる。終身雇用制に守られていても、だれもが年功序列で一律昇進できるわけではなく、定年を前にふるい落としがかならず行なわれるので、この年代はとくに閉塞感が強い。1999年から2009年にかけて、この55歳から60歳の年齢層は、45歳から55歳の層とともに自殺が増加した。女性の自殺率は男性に比べると一定しているが、25歳から35歳の層は年齢が高くなるにつれて微増しながらひとつの山となっている。同じ傾向は中国の農村部をはじめ、中国の影響下にある国々でみられる。この世代の女性にとって、結婚、出産、職業の選択、夫の家族など、さまざまな重圧がかさむ時期である。

地理的分布をみると、女性の自殺者の数そのものは、25歳から35歳までの女性がもっとも多く住む、東京など都市部で多い。しかし、若い女性の自殺率は、地域としては東北の市町村や過疎化した農村地帯で高い傾向にある。

地域別分布

年代、性別に関係なく日本の自殺率を地域別にみると、都会生活のストレスが影響するのではないかとの見方を裏切り、都市部、とくに都市周辺部で低く

女性の自殺

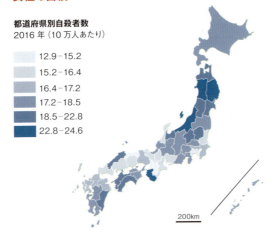

都道府県別自殺者数
2016年（10万人あたり）

- 12.9–15.2
- 15.2–16.4
- 16.4–17.2
- 17.2–18.5
- 18.5–22.8
- 22.8–24.6

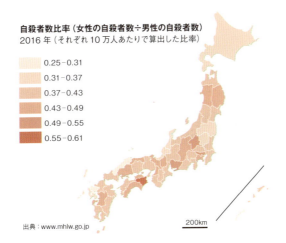

自殺者数比率（女性の自殺者数÷男性の自殺者数）
2016年（それぞれ10万人あたりで算出した比率）

- 0.25–0.31
- 0.31–0.37
- 0.37–0.43
- 0.43–0.49
- 0.49–0.55
- 0.55–0.61

出典：www.mhlw.go.jp

なっている。それどころか、自殺率が高いのは過疎化と高齢化の進んだ農村部であり、10万人につき100人を上まわる自殺率の市町村もある。これと似かよった状況はフランスにもあり、パリやリヨン地方の自殺率は低い。農村、貧しさ、過疎といった点で同等の周辺地域どうしでは、東北と西日本はかなり対照的で、西日本の自殺率は低い。秋田、青森、岩手、新潟の年間自殺率はつねに高い。これにはいくつかの要素が考えられる。高齢者の比率が高いことが大きな原因だが、こうした地方の社会人類学的特徴も関係している。冬は孤立しがちな雪国の、住民の結束力がきわめて強い稲作地帯では、昔からお互いに助けあわなければ村の存

自殺の状況

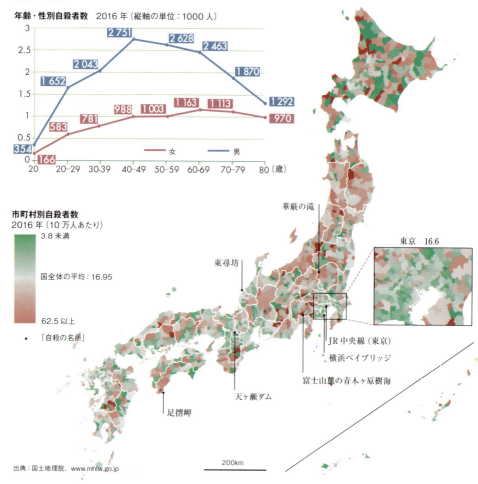

年齢・性別自殺者数　2016年（縦軸の単位：1000人）

市町村別自殺者数
2016年（10万人あたり）
3.8未満
国全体の平均：16.95
62.5以上
・「自殺の名所」

出典：国土地理院、www.mhlw.go.jp

続にかかわることも多かった。典型的大家族は今日なお健在である。しかしこうした村はいちじるしく人口が減少し、連帯が弱まったため、人とのつながりが失われたことに耐えきれなくなるのである。反対に、稲作の割合が低い西日本や、島嶼部、漁村は比較的個人主義的な社会であり、独居老人や老夫婦だけの世帯や、共同体の崩壊にも比較的強く自律的な人々の割合が高いといえる。

自殺の理由

自殺の理由は、わかる範囲では病気が依然として多い。次に経済的問題で、ほ

とんどの場合男性である。3番目は家庭の問題で、女性の割合がほとんど男性と同じくらいになる。「受験地獄日本」に対するイメージがあり、また学校でのいじめによる自殺の問題が大きくとりあげられているにもかかわらず、学校生活が自殺の原因となることは非常に少ない。恋人同士の心中が民俗芸能の頻出テーマであるものの、恋愛問題は最後にくる。

「自殺の名所」というものもあり、たいていは荒波を見下ろす崖である。自殺防止対策機関の言葉は的を射ている。「自殺スポット」には「金には命ほどの値打ちはない」という看板が立てられている。現代生活のむなしさに絶望した若者よりむしろ、たいていは高利貸しのヤクザがらみの借金を苦にして自殺しようとしている人に向けられた言葉だ。

世界と日本

　アジアにおいて日本が置かれている状況は多くの点で矛盾に満ちている。アジア諸国の政治や技術を牽引するエリートの多くの育成に貢献した日本はいまや、アジア地域の国際協力機構において主役の座を奪われている。このことは、植民地時代と太平洋戦争の悪しき記憶だけでは説明できない。戦後から権力の座にある日本のエリートは、1945年の敗戦を内心では受け入れることができない保守政党の影響下にある。自己中心的なこの保守政党は、ドイツのように痛恨を表明し、なによりも和解に努めることが、新たな同盟関係の構築と真のリーダーシップ発揮につながり、日本の利益にかなうとはいまにいたっても考えていない。そして、極東における緊張の高まりに並行しての愛国主義の高まりをバックとして、政権にとどまっている。日本は東アジアでいちばんの民主主義国家で、平和憲法をもっている唯一の大国であるというのに、自国民を弾圧し、近隣国に強い軍事プレッシャーをかけ、声高なプロパガンダをくりひろげているアジアの専制国家は、日本の過去の植民地支配や軍国主義をたえず非難している。韓国の歴代政権でさえも、国内問題から自国民の関心をそらしたいときは反日感情を利用している。日本と近隣国がこうしたナショナリズムの誘惑に定期的にひきずられて反発しあうため、日本はほんとうの意味での同盟国をもつことができず、この地域においていまでも頼ることができる唯一の同盟国、すなわちアメリカに依存せざるをえない。

日本の軍事力

　1894年から1945年まではアジアを代表する強国であった日本は今日、世界の外交・軍事の舞台で──アジアにおいてさえも──主役をはることができていない。平和憲法の縛りがある日本は、1954年に自衛隊を設立してふたたび軍事力をもつようになった。以降、日本はたえず自衛隊の近代化をはかり、いまや日本の軍事予算はフランスに肩をならべる。

　日本は理論上では、しっかりと訓練され、装備も整っている14万人の兵士を擁する、アジアの軍事大国の一つである。当時日本を占領していたアメリカが執筆し、1946年に制定された憲法の第9条が戦争の放棄を強いているが、この原則は、軍事力が必要だと考える右派から執拗に攻撃されてきた。2012年に自党を勝利に導いた安倍晋三は、選挙後はじめての発言において、自衛隊の活動範囲を拡げるために憲法改正をめざすとの意向をあらためて表明した。この計画は、自衛隊の実働能力の活用が現在よりたやすくなることを望み、かつ日本が通常兵器による自国防衛をこれまで以上に担うことを求めている同盟国、アメリカから支持されている。

北東アジアの不安定な均衡

　4か国（ロシア、中国、北朝鮮、アメリカ）が核を保有している北太平洋地域は、冷戦時代の二極対立が続いている不穏なスポットである。ほんとうの意味でのイデオロギー対立はもはや存在しないが、戦略的同盟関係も、影響圏を拡げるための争いも継続している。ロシアは軍事物資・テクノロジーを中国にあいかわらず供給しているし、中国はこの地域における覇権を外交と露骨な軍事力で強化することに努めている。北朝鮮は、体制が生きのびることを可能とするのに足る核抑止力をもつ、という挑戦を成功させた。

　アメリカは韓国と日本とのあいだに強力な同盟関係を築いたが、日本と韓国の関係はぎくしゃくしている。

　3国の軍隊が合同作戦で動くことは可能ではあるが、植民地時代の過去に由来する韓国の日本に対する敵対心が、3国そろっての合同演習の実施をさまたげている。日本は台湾とのあいだでも尖閣諸島をめぐって領土問題をかかえている。

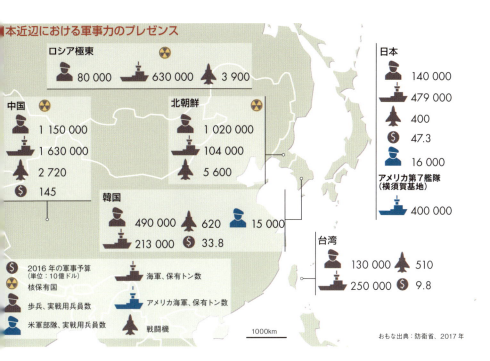

日本近辺における軍事力のプレゼンス

韓国とは異なり、台湾が植民地時代の過去を問題視する傾向はさほどみられないが、尖閣諸島領有をめぐっては、いつもは敵対する中国とともに日本と対立している。

結局のところ、日本が戦略的パートナーシップを結ぶことができる相手は、中国への警戒心を共通項とする、オーストラリア、ベトナム、インドといった遠い国々にかぎられている。

中国が台頭し、尖閣諸島をふくむ海峡〜太平洋海域の覇権をにぎろうとする意図を鮮明にしているうえ、核実験やミサイル発射実験をくりかえす北朝鮮の脅威が高まっていることが、日本は平和主義を放棄すべきだとの主張に論拠をあたえている。とはいえ、日本の平和主義はすでに切りくずされている。

自衛隊の能力向上

自衛隊の活動分野の拡大は、国連平和維持軍の作戦への自衛隊派遣を認めるPKO（平和維持業務）協力法が1992年に採択されてからはじまった。以降、自衛隊は10以上の国連平和維持活動に要員を派遣し、実働経験を積むことに努めた。

南スーダンでのPKO（2009〜2016年）で自衛隊は他国部隊が襲われたときは反撃する許可を得て、戦闘現場にはじ

1993年以降の、おもな自衛隊海外派遣

めて足をふみいれた。これは、憲法解釈を変更し、(同盟国から要請があった場合は駆けつけて警護するための)集団的自衛権を認める2015年の法律の初適用例となった。さらに、自衛隊は2007年より、新たなヘリコプター搭載型護衛艦の建造によって本格的な戦力投射手段を整えている。建造が決まった4隻のうち3隻がすでに就役している。「いずも」級の護衛艦は、400名の要員と28台のヘリコプターを運ぶことができる。これらの護衛艦は、フランスの「ミストラル」級の指揮・戦力投射艦に匹敵する技術レベルを誇る。

自衛隊はまた、2011年に東日本大震災が発生すると、11万人以上の隊員を動員して救助作戦を実施し、その展開能力を証明した。参加した隊員の一部は、大量の遺体(津波の犠牲者は1万8000人にものぼった)を目にする生々しい体験により、PTSを発症した。

⑬	2011-2017	**南スーダン**。350 名。停戦監視と国連キャンプ警護。国連キャンプ警護目的の火器使用許可、戦闘ゾーンへの出動。 国連南スーダン派遣団。
	2015	憲法9条解釈の変更。 集団的自衛権の概念導入。
⑫	2011	**日本**。3月11日の大地震にともなう救助活動。10万6000名。
⑪	2010	**ジブチ**。海外における初の恒常的基地 (12ha)。
	2010-2013	**ハイチ**。PKO、国連ハイチ安定化ミッション。
⑩	2009	**アデン湾**。海賊対処活動。護衛艦2隻。
⑨	2008-2011	**スーダン**。2名。国連スーダンミッション。
⑧	2007-2011	**ネパール**。6名。停戦監視。国連ネパール政治ミッション。
	2007	日豪安全共同宣言。
	2006	防衛省 (防衛庁から昇格)。
⑦	2004-2008	**イラク**。国連枠外での支援と再建のミッション。600名。
⑥	2002-2004	**東ティモール**。680名。国連東ティモールミッション。
⑤	2001-2007/ 2008-2010	**インド洋**。国連枠外でのロジスティックス支援。 エンデュアリング・フリーダム作戦 (アフガニスタン)。
④	1998	**太平洋**。アメリカ第7艦隊とのはじめての合同演習。
③	1996-2013	**ゴラン**。43名。監視。国連兵力引き離し監視軍ミッション。
②	1993-1995	**モザンビーク**。48名。国連モザンビーク活動ミッション。
①	1992-1993	**カンボジア**。600名。国連カンボジア暫定統治機構ミッション。
	1992	国連平和維持ミッションへの派遣を認めるPKO協力法の採択。
	1954	自衛隊の設立。

おもな出典：防衛省 (www.mod.go.jp)

気候変動と日本

　気候変動は日本の国土にも影響をあたえており、1990年より年間の気温は、1898年から計算されてきた気温の平均をつねに上まわっている。植生はより北へ、そしてより標高が高い場所へと移動している。東アジアレベルで考えると、確実視される北極の温暖化により、日本が東アジアへの入り口となって新たな経済発展を迎える可能性がある。

気候変動の影響

　2016年の平均気温は、1898年に気象庁が気温を測定するようになってから計算されている平均値を0.8度上まわり、工業時代に入ってから日本が経験したもっとも暖かな年の仲間入りをした。2004年と2010年は記録破りであったが、2005年から平均値を上まわらない年はない。このトレンドを裏づけているのが、各地で観察される動物相と植物相の変化である。一つ例をあげるなら、桜の開花日は2.2日早くなっている。南の地方では、冬が暖かすぎてもはや桜が開花しない場合もある。この現象は、果実を特産としている地方に深刻な影響をあたえる可能性があり、たとえばミカン栽培は現在より北の地方に移行せざるをえなくなるかもしれない。野生種についてはこの傾向はすでに明らかで、種類にもよるが、10年単位で18～140キロも移動している。

　建築用木材を供給しているブナはことに乾燥に弱いので、21世紀の終わりまでに10％減少し、ブナ林は常緑樹の森に置き換えられるとみられる。気温の上昇は寄生虫の増加の要因ともなっており、日本列島南部の針葉樹林では、マツ材線虫による立ち枯れ被害が甚大だ。松林の減少はキノコ類の収穫をあやうくしている。たとえば松茸の収穫量は最盛期だった1953年と比べて100分の1となっている。いまや、この高級キノコはアメリカや中国からの輸入に頼っている。

　海では、1990年代からはクラゲの大量発生が観察されている。以前は台風の初襲来とともにお盆（8月15日）の頃にやってくるのが決まりであったクラゲはいまや、マグロやカメの減少を追い風にして、7月には日本列島沿岸に姿を見せるようになった。

極海航路

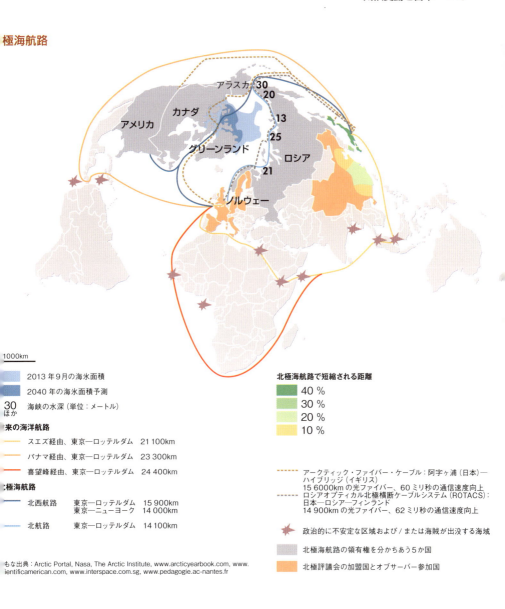

北極海航路の可能性

1990年代までアジアの中心であった日本は、輸出のために日本と西洋を結ぶ航路、および輸入のために中東と日本結ぶ航路に沿って、諸国の港湾と沿岸の発展を牽引した。だが、アジアの新興工業経済地域と中国の急速な発展によって、日本は海運航路の終点という位置づけに

なった。日本のコンテナ港は、韓国や中国の港に追い越されてアジア地域のハブですらなくなった。コンテナ取り扱い量での世界ランキングで、東京港は31位、東京港に次ぐ神戸港は56位である。

もし日本列島に沿っての北極海航路が開かれるとしたら、状況は変わる可能性がある。現在はまだ実用がむずかしい航路であるが、5年前と比べると可能性がかいま見えてきた。ICPP（気候変動にかんする政府間パネル）は、今世紀は気候温暖化が予想値の上限に向かっていることは確実、との見解を示している。あらゆる表示ランプが赤く点灯して警告を発しているが、立場によっては青く点灯しているととらえることもできる。海氷面積の縮小のスピードが冬でも指数関数的に高まり、北極の永久凍土層が融けつつあるので、将来は北極圏の後背地の鉱物資源開発や営農が以前と比べて容易になると予測されるのだ。北極に面した国々が環境保護を深刻に受けとめておらず、それどころか、自国の領海権を主張し、軍事的プレゼンスを強めることに忙しいだけになおさらだ。

北極圏が海運に開かれるとしたら、第一に利益を得るのは日本である。現在の航路と比べて40％も短縮となるし、この北極海航路は日本の海岸と港のすぐそばを通るからだ。そうなると、地政学上のかなめとしての日本の役割は高まるはずだ。東アジアと北極海航路を結ぶ海峡

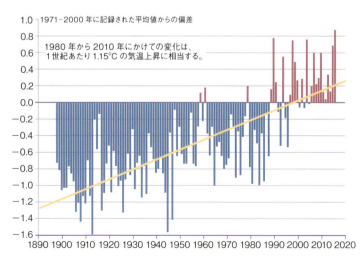

日本列島の温暖化

出典：気象庁

の大半を管轄下に置くことになるからだ。温暖化が進んでも北極圏の航行は冬場を中心としてリスクがあることに変わりはないとしても、海賊、テロ、紛争が絶えない現在の海運航路と比べると地政学的な危険は非常に小さい。

　北極を経由するもう一つのネットワークが、これもやはり地球温暖化のおかげで、確実に構築されつつある。日本がすでにアジアへの中継ハブとなっている海底ケーブルのネットワークである。北東ルートと北西ルートの二つのプロジェクトが進められている。着々と進んでいるアークティック・ファイバーケーブルプロジェクトは、日本とイギリスを1万5600キロの光ファイバーで結ぶことをめざしており、アジアとヨーロッパ間の通信を60ミリ秒短縮することになる。北西では、ロシアが独自の海底ケーブルプロジェクト（ロシアオプティカル北極横断ケーブルシステム）を推進しており、こちらも起点は日本で、シベリア沿岸に沿ってフィンランドに達する1万4900キロのケーブルを敷設し、その後はヨーロッパのネットワークに接続する予定で、同様に約60ミリ秒の通信速度向上が見こまれる。

貿易と事業の国際展開

新興工業経済地域の国々は日本を手本として発展を果たすと、日本の資金とテクノロジーへの依存から脱却した。かつて日本の独擅場であった多くの産業セクターにおいて、価格面でも技術進歩の面でも日本はもはやアジアのライバルにたちうちできない。とはいえ、日本はいまでも、原材料を輸入し、付加価値の高い工業製品を輸出する加工産業の国である。

21世紀に入るころ、日本の周辺諸国は、輸出によって成長する、という日本モデルを採用して経済発展をとげた。これらの国の輸出品ははじめのころは低級品であったが、現地に進出した日本企業の下請けであった企業グループがしだいに力をつけて独り立ちするようになった。自国の非常に安価なの労働力を活用しつつ、製品の品質を向上させたのだ。日本企業はパナソニックグループのように生産コスト面で競争力を維持するためにアジアへの生産拠点移転を加速させたが、半導体、液晶パネル、パソコン、携帯電話は、日本がもはや落伍者となった分野である。

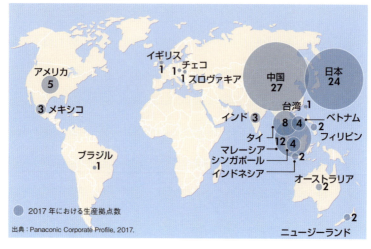

パナソニックの生産拠点

2017年における生産拠点数

出典：Panaconic Corporate Profile, 2017.

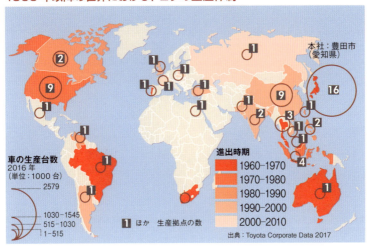

1960年以降の世界におけるトヨタの生産体制

海外の生産拠点

　日本企業がアジアに進出して生産する製品は輸出向けであるが、いまや日本市場にも流入しており、消費者を安心させるために「日本で企画され、中国で生産」の文言が多用されている。

　これと並行して、日本企業はアメリカとヨーロッパの生産拠点を維持している。これは、貿易障壁や輸入数量割りあてを回避すると同時に、失業が深刻な地方に進出する企業に対する手厚い公的補助を享受するためである。それでもトヨタとパナソニックは日本に規模の大きな生産拠点を残している。「メイド・イン・ジャパン」と銘打つことができる高級な製品と部品を作るためである。アジア諸国に置かれた工場は中級品を製造し、ライバルである韓国や台湾、そして存在感を増すばかりの中国の製品と競争している。輸出先市場に生産拠点を設ける場合は事情が異なり、たとえばインドや南米ではグレードの低い製品を、ヨーロッパやアメリカでは市場にあわせたスペックの製品を作っている。これらの国々に進出した日本企業は、現地の産業構造に完全に同化し、現地マーケットに適した特別モデルを現地で開発、供給して、利益を日本に還流させている。

アジア回帰

　太平洋地域は日本の貿易にとっていまでももっとも重要である。中国は日本の主要な輸出先であると同時に、日本の輸入に中国が占める割合は金額ベースで4

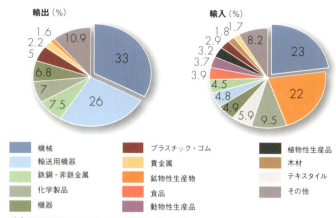

分の1であり、次に続くアメリカと韓国を引き離している。その他の輸入の大部分は中東やマレーシアからの石油、もしくはオーストラリアからの鉱物や食品である。アメリカは以前と変わらず日本にとって第一の輸出先である（金額ベースで輸出の21%）が、中国が拮抗しつつある。中国の経済成長は、日本にとって第二の輸出先市場の形成を意味したが、アジア太平洋地域諸国の経済成長も同じような効果をもたらしており、いまや日本の輸出の50%が同地域に向けられている。ヨーロッパにおける日本の唯一の貿易パートナーとよべるのはドイツであり、工業部門に集中している。日本の消費財はアジアで、旧植民地宗主国の製品としての威光を享受しており、けなされることなどない。地政学的な緊張が高まるごとに日本製品ボイコットキャンペーンが行なわれる中国においてさえも、高品質ゆえに多くの人から評価されている。

貿易の構造は不変

　エレクトロニクスをはじめとするいくつかの産業セクターが失速したとはいえ、日本の貿易は高度成長期に獲得した構造を維持している。2016年、日本の輸入の22%を占めるのは木材、ゴム、プラスチックなどの原材料、および付加価値が低い、もしくは中間消費に向けられる財である。対する輸出は工業製品で占められ、33%は工作機械、20%は自動車である。2016年の貿易収支は、輸出が6050億ドルであったのに対して輸入は5830億ドルであり、日本は中国、アメリカ、ドイツに次ぐ輸出大国である。

2015年における日本の輸出相手国トップ10

2015年における日本の輸入相手国トップ10

世界のなかの日本

日本は1960年代にアジアの発展の牽引役をつとめたのち、1970年代からは政府開発援助（ODA）の主要な担い手の一つとなった。海外直接投資とあわせて、ODAは日本が影響力を行使するためにもつ数少ない手段の一つである。日本政府は援助の対象を、日本が主役の座を降りた東アジアと同地域の国際協力組織からシフトしつつある。

日本、発展の推進役

日本のODAは歴史的にアジアに集中していた。そのツールの一つが、日本がアメリカとならんで最大の出資国であるアジア開発銀行（ADB）による貸付けである。1966年に設立されたADBは、まずは韓国と台湾が、続いて新興国第二陣のマレーシア、インドネシア、ベトナムおよび中国が経済発展の軌道にのることを助けた。中国はなんと2008年まで日本のODAを受けとっていた！ 1970年代以降、日本のODAは石油供給の安

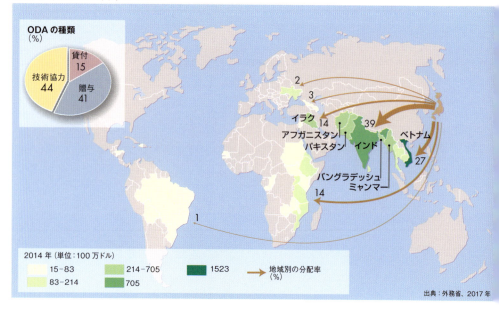

2014年における日本のODA

全を外交的に確保するためにアフリカや中東にも向けられた。今日、日本からもっとも多額のODAを受けとっているのは南アジアである。いちばんはベトナム、これに続くのがインドとミャンマーである。アフリカにおいて日本がとくに援助に力を入れているのはアフリカ東部の英語圏の国々である。こうしたODAは低利融資——最貧国の場合は贈与［無償資金協力］——の形をとることもあるが、なによりも技術協力が優先されている。技術協力は、これらの国において海外直接投資との連携を可能にするいちばんのツールでもある。

直接投資先の変化

日本の海外直接投資はODAと同様に、アジアにきわめて集中している（ただし、金額ベースではいちばんの投資先はあくまでもアメリカである）。投資対象は主として商業セクターと製造業セクターであるが、無形財を扱う経済活動の割合が高まっている。かくして2015年の数字によると、金融セクターと通信セクターが27％を占め、これに対して工業生産は22％である。ただし、2000年代のなかばからの直接投資は、経済成長をとげた日本周辺国だけでなく、西ヨーロッパやアメリカからも離れる動向が顕著だ。いまや海外直接投資は中央ヨーロッパの南北軸、南アフリカ共和国などの台頭めざましいアフリカ諸国へと向かい、アジアではベトナムへの投資がいちばん伸びている。

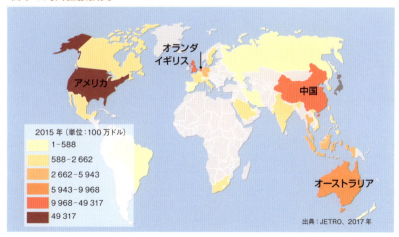

日本の海外直接投資

2015年（単位：100万ドル）
- 1–588
- 588–2 662
- 2 662–5 943
- 5 943–9 968
- 9 968–49 317
- 49 317

出典：JETRO、2017年

日本が加盟している地域協力機構

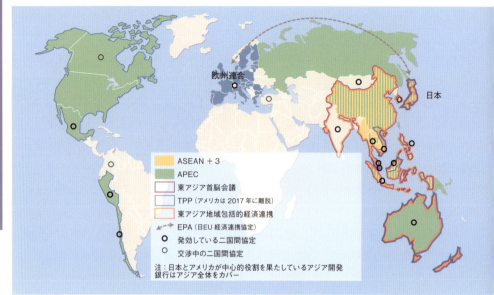

アジア地域における立ち位置のむずかしさ

2000年代の中国の台頭までアジアを経済的に支配していた日本であるが、アジア地域の協力機構でリーダーシップをとることはできなかった。日本の植民地支配を正当化した「大東亜共栄圏」の悪しき記憶が一つのブレーキとなったことは確かだ。それにくわえ、政権の座にあった保守政党は、アジアのパートナー諸国の傷つきやすい自尊心に配慮できなかった。日本が第一の経済大国であったころ、東アジアは日本の資本であふれかえり、日本は戦後もアジア諸国のエリートの養成に力を入れつづけたが、アジアの指導者たちは日本抜きで地域秩序を構築した。日本は多くの国と二国間経済協力協定を結んでいるが、この地域内でどの国とも軍事同盟を締結するにいたっていない。アジア開発銀行は日本にとって経済をとおして影響力を行使する手段であったが、いまや中国の国営銀行との競争にさらされている。APECには太平洋をとりまく国のほぼすべてがくわわっているが、アメリカの影響力が圧倒的に強い。日本は、東アジアの複数の地域にまたがる協力機構の核であるASEANにおいても「お客さん」の立場に追いやられている。中国が加盟しない環太平洋パートナーシップ協定（TPP）では、日本が重要な地位を確保できる可能性があった。だが、ドナルド・トランプが大統領

に選ばれた結果、2017年にアメリカがTPP交渉から離脱したことは、日本市場の過度な開放をおそれる国内の反対を押しきって早々と加盟を批准した日本政府にとって手痛い一撃であった。結局のところ、着々と駒を進めているのは中国である。日本はアメリカが閉め出されている東アジア地域包括的経済連携（RCEP）の構想に参加しているが、日本がRCEPであてがわれるのは準主役の役割となろう。

しかしながら、ほんとうになすべきは、日本と韓国と台湾の連携を強めることであろう。三か国は戦略的ポジションを共有しており、経済、政治、文化の強い絆で結ばれている。しかし、植民地時代から引き継いでいる怨恨が根強いため、日本はアジア以外に協力関係を求めざるをえない。現在交渉中の欧州連合との連携の強化は、中国の覇権からのがれるためのもっとも現実的なオプションとなる可能性がある［2018年7月に日本はEUと経済連携協定を締結した］。

まとめ

　2018年は、日本が門戸を開き、西欧の列強が発展させた革新的な技術や政治制度をとりいれた明治時代（1868～1912年）のはじまりから150年の節目にあたる。この開国をへて、日本は辺縁国家から世界第3位の経済大国へと変貌をとげた。

　近代化によって西洋化した日本はやがて、戦後の高度経済成長期にとくに顕著であったが、世界に影響をおよぼすことになった。今日、日本は世界のグローバリゼーションプロセスの先頭に立つ国の一つである。日本の美意識、食文化、文化のしきたりは、日本の産業が生み出した製品（ウォークマン、パソコン、携帯電話、そして近年ではハイブリッドカーやコンピュータゲームのコンテンツなど）が先導役となった世界の「日本化」をさらにおしすすめている。いまや日本語の学習もブームになっている。明治時代には日本語をローマ字表記にすべきだとの主張もあったというのに、21世紀のいま、日本語は世界で11番目に多く話されている言葉である。130か国で日本語が教えられており、日本語学習者の数は1988年にはたったの73万3000人だったのに、2015年には360万人となった。とはいえ、明仁天皇の譲位によって2019年に終わる平成時代は「失われた30年」の刻印を打たれている。バブル崩壊と1997年の銀行システム瓦解ののち、政界、官界、財界のエリートに対する信頼の喪失はある種の精神的な危機をもたらした。もはや日本が何をやっても成功する特異な大国でないことは確かだ。立ちはだかる難問を前にして、日本を再興して未来を確かなものとするために明治時代の気概があらためて必要だとの声があがっている。2012年から首相の座にある安倍晋三がいだくこの思いを具現化することが、2020年の東京オリンピックに求められている。1945年の敗戦で打ちのめされた日本の国際舞台への復帰を印象づけた1964年の東京オリンピックのように、2020年のオリンピックは、人々に感銘をあたえ、この30年間に次々に訪れたショックから立ちなおった日本の象徴となることを使命としている。

衝撃の吸収

　バブル崩壊の後遺症は長引き、全国的に不動産価格がおちつきをとりもどしたのは2005年になってからであり、2013年以降は上昇を続けている。現在は1980年のレベルまで戻っているが、東京の都心のなかの都心である丸の内―銀座地区の不動産取引価格はバブル時代のレベルに達している。ただし、いきすぎた投機的な動きはみられない。1997年の危機（アジア通貨危機および日本の金融危機）と、アメリカのサブプライム問題に端を発した2008年の世界規模金融危機［リーマンショック］にもかかわらず、日本経済の成長はここまで維持されてきた。なお、リーマンショックのさいに日本に打撃をあたえたのは金融危機というより、輸出相手国市場の縮小であった。日本の銀行セクターは2000年代初めに膿みを出して健全化されていたからだ。

　そして2011年、日本は地震、津波、原発事故が三つ巴となった前代未聞の厄災に襲われた。原発事故の事後処理を筆頭に、この大災害への対処にかんしては数多くの課題が残されたままだ。20世紀に大きな公害問題が発生したときと同じように、まずは問題を隠蔽し、次に矮小化するという反応があったことは驚きでもなんでもない。しかし、日本は物理的にも精神的にもふみとどまった。東京大都市圏からの住民避難が必要となる最悪の事態は起こらず、再生可能エネルギーへのシフトはすべての政党が共有する方針である。

人口問題

　人口減少の第一の原因は死亡者数の増加である。人口が減少に転じはじめた2005年以降、出生率は逆に伸びつづけているのである。だが地域差は非常に大きく、出生が集中している都市部の自然増減はプラスとなっているが、国全体の人口減少傾向をひっくり返すには不十分だ。もっとも保守的な政治家たちさえもいまや、キャリアと子育てを両立できる手段を女性に提供しなければならないと考えている。安倍首相の現政権は、保育園の無料化を政策プログラムに入れているが、安倍首相よりもずっと前に、母親が乳幼児を託せる施設の建設ブームが地

方レベルではじまっていた。過熱気味のこのブームに水を差しているのが保育士確保のむずかしさである。これがとくに深刻なのは、人口回帰がみられる都心部や、若い所帯をよびこむのに保育園が目玉となっている都市周辺地域である。日本社会が人口の高齢化および超高齢化への適応に努力していることは、子どもづれの母親や身障者といった高齢者以外のカテゴリーの人々にも間接的に役立っている。また、もし超高齢化への対処に成功すれば、日本は他国に先駆けて経験を積むことになり、そこから利益を得ることができるだろう。アジアは数十年後に高齢化の大問題に直面することになるからだ。高齢化は一部の国においては深刻な少子化と同時進行であり、たとえば韓国では2015年の特殊出生率が1.24、台湾では2017年の特殊出生率が1.12と、2005年に記録した日本の最低値を下まわっている。

経済と産業の力

1990年代の初めから日本が低経済成長時代に入って抜け出せていないのは、国内要因で説明がつく。人口の縮小と高齢化もさることながら、最たる要因は国内市場の成熟化である。ただし、日本の指導者たちには打つ手がほとんどない国外要因も存在する。第一は、日本企業がコストや技術革新の点でもはやたちうちできないアジア諸国の競争力であり、これに円高がからんでデフレ脱却政策をむずかしくしている。しかし、中国を筆頭とするアジアの経済発展は、日本が優位を保持しているその他の産業セクター（自動車、工作機械、機械製造、先端的光学など）の新たな販路が開けることを意味する。

財政にかんしていえば、2016年においてGDPの246％という気の遠くなるような政府総債務残高（1257兆7675億円）をかかえる日本は、世界一の借金国である。だが、政府債務を所有しているのは、日本の機関投資家、すなわち非常な低金利で、ときにはマイナス金利で融資を行なっている金融機関である。いまのところ、日本の金融の仕組みはもちこたえており、大手金融機関には余裕がある。しかし、もし日本が国際市場で、自国の金

融機関のようにコントロールできない相手から高利で資金を調達することを余儀なくされる場合には、懸念が生じることだろう。

張りつめた世界における安らぎの国

　1980年代には日本が民族的に均質であることをたたえる言説がさかんとなったが、その根底には往々にして民族差別的、ポピュリズム的な見方がひそんでいた。日本国内にもさまざまな分断があるという事実[p20「主要な空間区分」参照]は、こうした考えがいかに不確かであるかを示している。とはいえ、近隣諸国のみならずアジアの他国すべてと比べると、日本は国内のまとまりがいちばん強い国であることは確かだ。地方が中央権力に対して不満をいだいており、県と県、都市と都市、町村と町村とのあいだにライバル関係があることは本当だが、国に強い不信感を表明している地域も住民も存在しない。米軍基地を植民地主義の延長と受けとめている沖縄でも、分離独立を求める声はない。国民のアイデンティティー[フランスでは移民問題にからんで、守るべき「フランス国民のアイデンティティー」が論議の的となっている]は、外国人労働者に門戸をもっと開くべきか否かについて論議を闘わせる場であっても、話題にもならない。

　これに対して、中国、台湾、朝鮮半島といった近隣諸国は、日本が1867～1868年の内戦を最後にもはや経験していない国内の緊張をかかえている。

　日本社会は平穏である。極右勢力は目につくし、騒がしいが、彼らのグループのメンバーは多くとも数百名であり、物騒だとして敬遠されており、一般人が彼らに賛同することはない。日本人はおそらくアジアでもっとも非好戦的な国民であり、1946年の平和憲法を文字どおりに受けとめており、多くの人は憲法第9条を神聖視している。今上天皇自身も、平和主義を放棄するような憲法改正に対して、あからさまではないが、かなり明白に反対を表明し、平和主義の伝統をことに重視する姿勢を明らかにしている。

付録

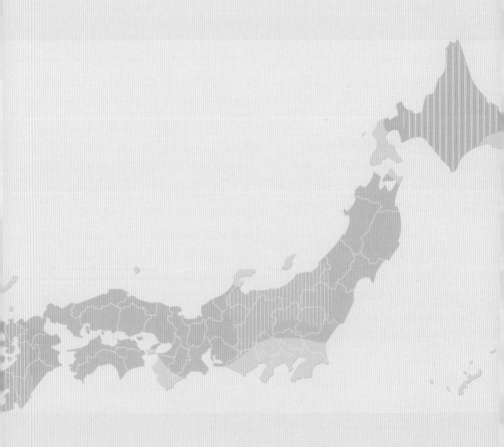

年表

先史時代および有史時代の日本
ホモサピエンスのはじめての渡来：紀元前3万年頃
縄文時代のはじまり：紀元前1万4000年頃
弥生時代のはじまり：紀元前900-後300年
有史時代：古墳時代　3-6世紀

日本の古代（593-1192）
飛鳥時代（593-710）：中国文明の吸収
奈良時代（710-794）：大和朝廷の強化
平安時代（794-1192）：大和朝廷による日本列島全体（北海道を除く）の支配確立、古典文化の勃興

日本の中世（1192-1573）
鎌倉時代（1192-1333）：武士による権力掌握、軍事政権（幕府）と将軍政治の開始
室町時代と内戦の時代（戦国時代）1333-1573：封建制度の普及、アジアや西洋との交易および外国文化の流入
1543：西洋人とはじめて直接接触。火器とキリスト教がもたらされる。

日本の近世（1573-1868）
1583：近世都市としての大阪の誕生
1603：江戸に軍事政権（幕府）が置かれる、江戸時代（1603-1868）のはじまり
1639：鎖国がはじまる
1657：江戸におけるはじめての大火（死者10万人）
1707：富士山噴火

18世紀の終わり：江戸の人口が100万人に達する
1853：黒船（ペリー提督の艦艇）の来航
1854：神奈川条約（日米和親条約）、アメリカに押しきられての日本開国
1858：西洋諸国とのあいだに不平等条約
1859：横浜開港
1866：横須賀造兵廠の建設開始

日本の近現代（1868-1989）
1868：朝廷が江戸幕府を打ち破る
1871：廃藩置県
1872：はじめての鉄道路線が敷かれる
1889：明治憲法
1895：日清戦争で勝利、台湾併合
1899：外国人居留地制度の廃止
1905：日露戦争に勝利
1910：朝鮮半島の植民地化
1918：米騒動
1922：日本共産党の結成
1923：関東大震災（死者14万人）
1932：満州国の建国
1937：中国への侵攻、南京虐殺（死者20万人）
1941：真珠湾攻撃
1945：東京大空襲、広島と長崎に原爆投下、敗戦
1947：1946年公布の日本国憲法発効、農地改革
1952：サンフランシスコ条約の発効、アメリカによる占領の終了
1955：自由民主党の結成、高度成長のはじまり
1960：反対闘争を押しきっての日米安全保障条約第1回改定
1964：東京オリンピック、東京と大阪を結ぶ初の新幹線
1968：学園紛争
1974：石油ショック、高度成長以来はじめての不況
1978：石油ショック、第2回の不況
1985：プラザ合意、投機的なバブルのはじまり、急速な円高
1989：昭和天皇（裕仁）崩御

平成（1989-2019）のおもな出来事
1990：投機的なバブルの崩壊
1995：阪神淡路大震災（死者6000名）、東京の地下鉄でサリンテロ（死者12名、負傷者5000名）
1997：アジア通貨危機、日本で金融危機
2001：小泉純一郎が首相就任、経済の規制緩和推進
2009：民主党（中道左派）の勝利、1955年以来はじめての政権交代
2011：東日本大震災（死者1万8500名）と福島第一原発事故
2012：安倍晋三の首相就任
2013：2020年オリンピックの東京開催が決定
2016：集団的自衛権の行使にかんして憲法を再解釈した平和安全法制の施行
2017：2019年の天皇譲位の準備がはじまる

参考文献

AVELINE Natacha (2003), *La ville et le rail, l'expansion des groupes ferroviaires privés à Tôkyô et Osaka*, Paris, CNRS, 238 p.

BERQUE Augustin (1982), *Vivre l'espace au Japon*, Paris, PUF, 222 p.

BERQUE Augustin (1986), *Le sauvage et l'artifice, les Japonais devant la nature*, Paris, Gallimard, 314 p.（オギュスタン・ベルク『風土の日本——自然と文化の通態』、篠田勝英訳、筑摩書房、1988年）

BONIN Philippe (2014, dir.), *Vocabulaire de la spatialité japonaise*, Paris, CNRS-Éditions, 560p.

BOUISSOU Jean-Marie (2007), *Le Japon contemporain*, Paris, CERI/Fayard, 613 p.

DOUMET Christian et FERRIER Michaël (2016, dir.), *Penser avec Fukushima*, Nantes, Éditions Cécile Defaut, 295 p.

GALAN Christian et OLIVIER Jean-Marc, (2016, dir.), *Histoire du & au Japon : De 1853 à nos Jours*, Toulouse, Éditions Privat, 352 p.

LUCKEN Michael (2013), *Les Japonais et la guerre 1937-1952*, Paris, Fayard, 400 p.

PELLETIER Philippe (1997), *La Japonésie: géopolitique et géographie historique de la surinsularité au Japon*, Paris, CNRS, 391 p.

BOURDIER Marc et PELLETIER Philippe (2001), *L'archipel accaparé. la question foncière au Japon*, Éditions de l'EHESS, 308 p.

GENTELLE Pierre et PELLETIER Philippe (codir.), *Chine, Japon, Corée*, tome 5 de *La Géographie universelle*, Belin, 1994, rééd. 2001.

PELLETIER Philippe (2012), *La fascination du Japon: Idées reçues sur l'archipel japonais*, Paris, Le Cavalier Bleu, 290 p.

PELLETIER Philippe (2015), *Les îles Gotô, voyage au bout de la Japonésie*, Paris, Le Cavalier Bleu, 207 p.

SABOURET Jean-François (2005, dir.), *La dynamique du Japon*, Paris, Saint-Simon, 434 p.

SCOCCIMARRO Rémi, (2010), «Le Japon, renouveau d'une puissance », *La Documentation photographique*, n° 8076, juillet-août 2010, 66 p.

SOUYRI Pierre-François (2016), *Moderne sans être occidental: aux origines du Japon aujourd'hui*, Paris, Gallimard, 469 p.

THOMANN Bernard (2008), *Le salarié et l'entreprise dans le Japon contemporain: Formes, genèse et mutations d'une relation de dépendance (1868-1999)*, Paris, Les Indes savantes, 344 p.

参考ウェブサイト

Cipango: http://journals.openedition.org/cipango/（日本研究者による論考を閲覧できるウェブサイト）

Ebisu: http://journals.openedition.org/ebisu/（日仏会館の査読委員会による審査をへた日本研究の論考が掲載されているウェブサイト）

Japan Pluriel (Société Française des Études Japonaises) : http://www.sfej.asso.fr/（フランス日本研究学会のウェブサイト）

索引

Iターン 30
会津 22, 69, 70
アイヌ 86
青潮 98, 99, 109, 110
青森県 13, 40, 44, 139
秋田県 22, 35, 47, 139
浅草 117, 118
芦屋市 83, 85
ASEAN（東南アジア諸国連合） 158
アフリカ 157
安倍晋三 123, 125, 144
天橋立 120, 121
アメリカ 24, 53, 86, 88, 93, 94, 95, 100, 102, 123, 144, 146, 147, 148, 149, 152, 153, 154, 156, 157, 158, 159
有明海 43
RCEP（東アジア地域包括的経済連携） 159
石垣島 89
石狩 36, 37
石川県 22, 47
石原慎太郎 124
伊豆半島 22
厳島神社 120, 121
梅田 80, 85
APEC（アジア太平洋経済協力） 158
蝦夷地 86
江戸／江戸時代 17, 19, 21, 22, 67, 68, 72, 82, 82, 84, 119, 120
恵比寿 76, 77, 78
愛媛県 40
大阪（大阪府、大阪市） 17, 20, 22, 52, 54, 56, 58, 60, 79, 80, 81, 82, 84, 85, 92, 93, 117, 132, 133
大船渡市 44
大間町 44
小笠原諸島 24
沖縄県 24, 25, 88, 89
沖ノ鳥島 24
ODA（政府開発援助） 156, 157
女川町 44
親潮 43, 44
温泉 14, 122

海外直接投資 156, 157
貝塚 17
核（核兵器） 144, 145
核家族 31
鹿児島県 25
神奈川県 40
金沢市 22, 92
釜ケ崎 85, 133
鎌倉／鎌倉時代 19, 25, 83, 84
川崎市 125
韓国 42, 43, 52, 54, 55, 89, 94, 126, 134, 136, 144, 145, 150, 153, 154, 156
関東地方 18, 20, 52, 53, 74, 92, 93, 135
紀伊半島 22
北九州市 52, 75
北朝鮮 55, 144, 145
キツネ 117
九州 12, 13, 14, 20, 22, 40, 43, 48, 52, 55, 75, 79, 89, 92, 93, 101, 125
京都（京都府、京都市） 16, 19, 20, 48, 52, 83, 84, 85, 117, 118, 119, 121, 122
清水寺 118, 119
銀座 62, 64, 65, 66, 67
熊本（熊本県、熊本市） 53, 93, 108
黒潮 43
群馬県 53
経済産業省（METI） 95, 104
京浜工業地帯 92, 93, 97, 136
京葉工業地域 92, 93, 97, 98
系列 94
気仙沼市 44
限界集落 47
原子力発電所（原発） 73, 95, 100, 101, 102, 103, 104, 106
建設業／ゼネコン 80, 133
小池百合子 125
江東区 77, 78
神戸市 48, 52, 54, 74, 80, 81, 83, 84, 85, 92
郡山市 106

埼玉県 82, 125
財閥 94

盛り場 72
桜島 14
札幌市 52, 54, 86, 87
薩摩 25, 87
山谷 73, 133
三陸 12, 13, 15, 122
山林 47
自衛隊 144, 145, 146, 147
静岡市 52
下町 67, 68, 82, 83
渋谷 65, 67, 72, 80
下関市 44
自由民主党（自民党） 80, 123, 124, 125
湘南 84
縄文時代 17
新幹線 54, 70, 79, 80
人口集中地区（DID） 52, 86
新宿 65, 67, 69, 70, 72, 80
神道 116, 117
墨田区 77
住友 95
尖閣諸島 26, 145
浅草寺 72
仙台市 52, 54, 60, 69, 70, 79, 81
ソウル 54, 55, 65

竹島 26
立川市 68, 69
多摩市 69
田老町 113, 114
千島海流 43
千葉（千葉県、千葉市） 40, 82, 97, 98, 99
中央区 57, 60, 61, 64
中京工業地帯 92, 93, 136
中国 54, 87, 94, 109, 110, 126, 134, 136, 138, 144, 145, 147, 148, 150, 153, 154, 156, 158, 159
中心業務地区（CBD） 64, 65, 66, 67
中東 149, 154, 157
銚子港 44
朝鮮／朝鮮半島 17, 18, 24, 25
千代田区 57, 64
通商産業省（MITI） 102, 104
築地市場 44

対馬海流　14
津波　13, 14, 15, 44, 70, 106, 112, 113, 114, 146
TPP（環太平洋パートナーシップ協定）　158, 159
デサコタ　38
テトラポッド　108
天皇　17, 125
東海道　79
東京　13, 19, 20, 21, 22, 25, 27, 30, 38, 39, 44, 47, 52, 54, 56, 57, 58, 60, 61, 62, 63, 64, 65, 66, 67, 68, 69, 70, 72, 74, 76, 77, 78, 79, 80, 81, 82, 84, 85, 92, 93, 97, 98, 99, 107, 109, 110, 117, 124, 125, 133, 138, 140, 149, 150
東京電力　101
東芝　95, 100, 104
東北地方　13, 18, 22, 35, 47, 52, 70
徳川時代／徳川家　34, 68, 70, 84
栃木県　53
ドーナツ化現象　57
トヨタ　93, 95, 153
鳥居　117

長野県　22, 92, 125
名古屋市　20, 22, 30, 52, 54, 58, 80, 81, 92, 93
奈良　18
新潟（新潟県、新潟市）　22, 35, 47, 92, 101, 108, 109, 139
日露和親条約　86
日系人　135, 136, 137

日光市　84
日本共産党　125

博多市（博多）　17, 18, 96
幕府　19, 70, 86
八王子市　68
パナソニック　95, 104, 152, 153
バブル経済　58, 65, 66, 68, 98, 130, 133
浜松市　52
干潟　99
PKO　145, 147
日立　100
広島（広島県、広島市）　52, 54, 96, 97
福岡（福岡県、福岡市）　18, 22, 52, 54, 60, 74, 79, 80
福島（福島県、福島市）　22, 40, 69, 70, 74, 93, 106, 107, 109, 110, 112, 113, 115, 133
福島第一原発　49, 101, 112, 113
仏教　116, 117
芙蓉　94
房総半島　22
北海道　12, 13, 14, 16, 17, 22, 25, 26, 35, 36, 37, 41, 43, 48, 52, 54, 79, 86, 87, 93, 122
北極　148, 150, 151
北方領土　26, 87
本州　14, 80

松島　120, 121
松本市　22

丸の内　64, 65, 66, 67, 69, 70
満州国　24, 25
万葉集　120
三鷹市　38, 39
三井　62, 94, 95, 97, 98, 108, 110
三菱　60, 61, 66, 93, 94, 95, 96, 97, 104
港区　57, 64, 76, 84
水俣病　108
南鳥島　24
宮古市　44
民主党　125
武蔵野　68, 69, 82
明治維新　68, 76
明治時代　67, 72
メガロポリス　20, 21, 22, 23, 48, 52, 53, 55, 92, 93

焼津港　44
ヤクザ（暴力団）　72, 73, 74, 75, 141
大和朝廷　17, 18, 86
山梨県　40
山の手　82
弥生（時代、文化）　17, 34
横浜市　52, 60, 63, 64, 65, 97
吉原　72, 73
寄せ場　133
四日市市　108

リニア新幹線　80
琉球　22, 25, 40, 87, 88, 89
臨海工業地帯　96, 97, 99
ロシア　24, 25, 26, 86, 87, 138, 144, 145, 149, 151

◆著者◆
レミ・スコシマロ（Rémi Scoccimarro）
　地理学で博士号を取得、トゥールーズ・ジャン・ジョレス大学で日本語・日本文化の准教授をつとめる。フランス国立日本研究センター（INALCO）のメンバーであり、東京の日仏会館（フランス国立科学研究センター在外研究所nº19）の研究員でもある。日本の都市空間の変容、人口構成の変化、2011年3月11日の津波と原発事故が社会・空間にあたえた影響について研究している。

◆地図製作◆
クレール・ルヴァスール（Claire Levasseur）
　フリーのカルトグラファー。オトルマン社への協力は長く、マテュー・ギデールの『地図で見るアラブ世界ハンドブック』（太田佐絵子訳、原書房、2016年）および『地政学から読むイスラム・テロ』（土居佳代子訳、原書房、2017年）、『地図で見る中東ハンドブック』（P・ブラン／J・P・シャノロー、2016年）、『地図で見るローマ帝国ハンドブック』（C・バデル、2017年新版）などの地図やグラフを手がけた。

◆訳者◆
神田順子（かんだ・じゅんこ）… p6-89、p142-166担当
　フランス語通訳・翻訳家。上智大学外国語学部フランス語学科卒業。訳書に、ピエール・ラズロ『塩の博物誌』（東京書籍）、クロディーヌ・ペルニエ=バリエス『ダライラマ 真実の肖像』（二玄社）、ベルナール・ヴァンサン『ルイ16世』、ソフィー・ドゥデ『チャーチル』（以上、祥伝社）、共訳書に、ディアンヌ・デュクレ『女と独裁者——愛欲と権力の世界史』（柏書房）、ジャン＝クリストフ・ビュイッソンほか『王妃たちの最期の日々』、セルジュ・ラフィ『カストロ』、パトリス・ゲニフェイほか『王たちの最期の日々』（以上、原書房）などがある。

清水珠代（しみず・たまよ）… p90-141担当
　翻訳家。上智大学文学部フランス文学科卒業。訳書に、ジャン=クリストフ・ブリザールほか『独裁者の子どもたち——スターリン、毛沢東からムバーラクまで』、ディアンヌ・デュクレほか『独裁者たちの最期の日々』、アンヌ・ダヴィスほか『フランス香水伝説物語——文化、歴史からファッションまで』（以上、原書房）、フレデリック・ルノワール『生きかたに迷った人への20章』（柏書房）、共訳書に、ヴィリジル・タナズ『チェーホフ』（祥伝社）、フレデリック・ルノワール『ソクラテス・イエス・ブッダ——三賢人の言葉、そして生涯』、ディアンヌ・デュクレ『女と独裁者——愛欲と権力の世界史』（以上、柏書房）、セルジュ・ラフィ『カストロ』（原書房）などがある。

謝辞
　著者は、フィリップ・ペルティエ、ローラン・ネスプルス、後藤春彦、田口太郎、三宅諭、アンヌ・ゴノン、マリー・オジャンドル、宮崎海子、宮崎芳仁、宮崎ひろ、谷みゆき、ポール・スコシマロの各氏に篤く感謝の意を表す。

ATLAS DU JAPON: L'ÈRE DE LA CROISSANCE FRAGILE
Rémi SCOCCIMARRO, Maps by Claire LEVASSEUR
Copyright © Éditions Autrement, Paris, 2018
Japanese translation rights arranged with Éditions Autrement, Paris
through Tuttle-Mori Agency, Inc., Tokyo

地図で見る
日本ハンドブック

●

2018年 11月 1日　第 1刷

著者………レミ・スコシマロ
訳者………神田順子
　　　　　清水珠代
装幀………川島進デザイン室
本文組版・印刷………株式会社ディグ
カバー印刷………株式会社明光社
製本………東京美術紙工協業組合

発行者………成瀬雅人
発行所………株式会社原書房
〒160-0022　東京都新宿区新宿1-25-13
電話・代表 03(3354)0685
http://www.harashobo.co.jp
振替・00150-6-151594
ISBN978-4-562-05577-7

©Harashobo 2018, Printed in Japan